LOS ALEGRES MUCHACHOS
DE LA LUCHA DE CLASES

PACO IGNACIO TAIBO II

LOS ALEGRES MUCHACHOS DE LA LUCHA DE CLASES

 Planeta

© 2023, Paco Ignacio Taibo II

Diseño de portada: Planeta Arte & Diseño, basado en una idea de
Marina Taibo
Fotografía de autor en portada: Eduardo Penagos @epenagosv
Fotografía de portada: © iStock

Derechos reservados

© 2023, Editorial Planeta Mexicana, S.A. de C.V.
Bajo el sello editorial PLANETA M.R.
Avenida Presidente Masarik núm. 111,
Piso 2, Polanco V Sección, Miguel Hidalgo
C.P. 11560, Ciudad de México
www.planetadelibros.com.mx

Primera edición en formato epub: noviembre de 2023
ISBN: 978-607-39-0753-8

Primera edición impresa en México: noviembre de 2023
Primera reimpresión en México: diciembre de 2023
ISBN: 978-607-39-0631-9

Impreso en los talleres de Litográfica Ingramex, S.A. de C.V.
Centeno núm. 162-1, colonia Granjas Esmeralda, Ciudad de México
Impreso y hecho en México – *Printed and made in Mexico*

NOTA INICIAL

Este libro es producto del más certero egoísmo. He vivido en lo colectivo, siempre buscando —a veces retóricamente, lo confieso (aunque la manía de capturar la anécdota desbordaba la intencionalidad política)— la obsesión del rescate de la memoria social; ¿pero quién rescata la memoria propia? En la medida en que mi cerebro juega al queso gruyer y deja vacíos, zonas muertas y repletas de telarañas donde deberían estar los recuerdos, escribo también para rescatarme. La segunda parte de esta queja continua que es la literatura, es que aunque muchas de las historias me pertenecen, otras son reales pero ajenas, algunas son fabulaciones y aunque me he alejado bastante de la ficción o casi, esta tiene su espacio. Egoístamente he robado y saqueado recuerdos, de mis falsas memorias y de las remembranzas forasteras, sobre todo de mis amigos, a veces de los recuerdos inexistentes. Los yo del texto son engañosos, muchos no son propios. Pero, ¿no todas las memorias nos pertenecen? Ergo, esto es como una novela y los que se reconozcan en ella bien harán, pero los que se intuyan en sus páginas, bien deberían dejar de hacerlo.

1

ELLOS

Ellos desde luego pensaban que eran inmortales.

Estaban absolutamente convencidos de que el pasado, el presente y el futuro eran material intercambiable tan sólo en un ciclo de 24 horas. Era la consecuencia de no tener demasiado pasado, de tener un desinformado exceso de involuntario respeto al presente y de no haberse puesto a pensar seriamente en el futuro. No tenían capacidad para imaginar pesimistamente el futuro. Por lo tanto, ni siquiera intuir que existía esa cosa llamada «el porvenir».

Ellos creían fielmente en la multitud de fantásticos futuros paraísos que en aquellos años en la izquierda estaban de moda, y desde luego no participaban de la maligna frase de Paul Nizan, que hacía de la adolescencia y la juventud una desgracia irreparable, aunque la citaban frecuentemente, pasada la frase por la pluma de Malraux.

Ellos hablaban de sí mismos como si fueran volátiles, efímeros, como si estuvieran siempre al borde de la desaparición o la consagración. Parecían desgastados héroes poco más que adolescentes, discípulos de un Houdini maoísta dotado de sentido del humor, o personajes de un Rulfo leninista, urbanizados y reforzados por 50 años de magia repetitiva y de autoritarismo estatal priista.

Ellos intuían que nada era totalmente imposible.

Quizá la culpa la tenía el clima, la atmósfera irreal que se vivía en la Ciudad de México de los años sesenta y setenta, las perniciosas lluvias de aquellos septiembres. Eran días en los que las ilusiones se desvanecían sin dejar el regusto de la derrota, porque habían sido sustituidas rápidamente por otras nuevas ilusiones igual de flamantes, flamígeras y rotundas.

Ellos tenían una ligera admiración por los futboleros Pumas, porque eran universitarios y habían llegado desde la segunda división, pero a veces eran polis o chapingueros, o normalistas y el 68 nos había unificado a todos. Admiraban a escasos deportistas, sólo los imposibles y los locos como el corredor de fondo checo Emil Zátopek, la Locomotora Humana, que había apoyado la primavera de Praga, lo habían expulsado del PC y había terminado su vida y trabajando como basurero; o el etíope Abebe Bikila, flaco y escurrido, hijo de una dieta de hambres, muerto a los 41 años, dos veces ganador del Maratón y desde luego a sir Edmund Hillary y al sherpa Tenzing cuando el neozelandés le dijo al nepalés que el argumento supremo para subir al Everest (8 848 metros trepados por la imposible línea recta que nadie usa) es *because is there* («porque está allí»), cosa que se quedó sin respuesta porque el sherpa se calló lo que estaba pensando, que él lo sabía desde mucho antes, porque ese era su rancho.

Ellos vestían camisas blancas y azules de algodón grueso y pantalones vaqueros levemente acampanados, sin llegar a las patas de elefante; ellas usaban blusas rosas y azul pálido con bordados mexicanos, y pantalones vaqueros, porque la minifalda no era una buena compañera para entrar en las tardes y salir en las noches de los barrios obreros.

Ellos y ellas recorrían impávidos, como peterpanes y campanitas al timón del acorazado Potemkin, una ciudad sucia y áspera donde si te descuidabas te podían romper las medias con una navaja, robarte las ilusiones, torturarte, meterte en el suelo de una patrulla azul y romperte la mandíbula a patadas, sacarte un ojo con una punta de varilla, llevarte entre las patas de los caballos, meterte electricidad en los huevos hasta que parecieras árbol de Navidad, rellenarte los pulmones de gas y las costillas de palos, sacarte hasta los últimos miedos y las últimas lágrimas.

Ellos y ellas creían que eran inmortales e incorruptibles. El tiempo, que es una mierda, se encargó de demostrarles lo contrario, o una variación: algunos, sólo algunos, unos cuantos, serían corruptibles, pero todos eran mortales.

2

CON TÍO EN EL PARQUE DE BEGOÑA
(1956)

Deberías tener siete años y caminabas con tu tío abuelo por el parque de Begoña, tratando de convencerlo de que te comprara una carioca, que era un saquito relleno de arroz y con una cola de papel de China de colores, que usando la cuerdita que amarraba el saco y moviéndola como honda levantaba hacia el cielo ondulando su cauda amarilla o naranja.

Tío solía ser bastante amable y condescendiente con el clero, a pesar de que no practicaba, pero ese día debió haberlo tocado con un ala el demonio, porque cuando un cura gordo con sotana y sombrero de teja avanzó hacia nosotros, me dijo:

—Pregúntale.

Y le solté de sopetón al sacerdote:

—¿Por qué el Vaticano no reparte sus tesoros a los pobres?

Yo no tenía muy claro que eran los tales tesoros, pero

abundantes novelas de piratas, me hacían imaginar los cofres con lingotes de oro y collares de perlas y puñadotes de esmeraldas o rubíes escondidos en el sótano de la Capilla Sixtina.

El cura, que creo que se llamaba don Gregorio, sonrió condescendiente y depositó su gorda mano encima de mi cabeza.

—Lavilla, debería llevar a este niño más veces a la iglesia.

—Mi abuela Elisa me quiere llevar los domingos, pero yo no voy porque no dejan fumar en las iglesias.

—Pero tú no fumas, niño.

—Pero voy a fumar mucho —respondí con una capacidad de premonición que ni hoy mismo reconozco.

El cura salió huyendo por el paseo arbolado de magnolios en uno de aquellos años oscuros del franquismo.

—Un día de estos nos van a meter a la cárcel, a mí otra vez —dijo Tío.

3

TODA HISTORIA ES PERSONAL
(1964)

El día en que Escalante ganó el concurso de gargajos, un oscuro burócrata poblano particularmente feo, clandestinamente santurrón y putañero, llegó a la Presidencia de la República mexicana tras haber sido ministro de Gobernación y recorrido un largo camino de servilismos y abominaciones. Se llamaba Gustavo Díaz Ordaz, era miembro del PRI y estaba dispuesto a controlar férreamente el país que su partido le había heredado. Melifluo, simiesco, tieso como palo de escoba, no parecía excesivamente peligroso.

Ese mismo día yo me enamoré, fatal e inútilmente.

Las tres historias habrían de estar secretamente conectadas en mi vida. O eso supongo inciertamente al paso de los años.

Desde el tercer piso del patio de la secundaria y usando el barandal con ambas manos para impulsarse, Escalante lanzó un gargajo que voló 17 metros hacia el centro del patio (según los parciales observadores). Resultaría una marca insuperable. Ni siquiera los esfuerzos de la Bruja Bustamante y de el Verduras pudieron opacarlo. Escalante, un güero deslavado y pecoso, saludó a la multitud congregada alzando los brazos en medio de los aplausos.

Yo formaba parte de los espectadores. En aquellos días hacía poco y observaba mucho. Me parecía una actitud inteligente. Sobre todo porque cada vez que pasaba a la acción, metía la pata.

También solía inventar historias.

Y me las contaba solo. Atentamente armaba el párrafo inicial y lo decía en voz alta. Estaba, sin permiso de la mamá de Joyce, inventando el monólogo interior. Ese día fantaseaba sobre el departamento 303 de mi edificio, que había quedado desocupado. Decidía que vendría a vivir a él una señora muy puta, vestida de lila. Resultó que al final apareció una avinagrada cincuentona y flaca, jefa de personal de una cadena de tlapalerías.

Tenía sueños confesables y de los otros. Uno «de los otros» de los que me abrumaba y más nervioso me ponía "de los otros", era yo mismo contándole a mis compañeros de clase, con el marrano del profe de matemáticas enfrente, el siniestro Pompín, que toda mi vida había querido ser escocés, porque era la única manera de usar una de esas faldas chingonas sin proponerte como gay (en esa era, joto, homosexual, cualquier cosa más en el insulto que en la definición). Los escoceses eran cabrones y la combinación entre falda, gaita y sable monumental era por lo menos, absolutamente grandiosa.

Tanto pedo para reconocer que me hubiera gustado ponerme una faldita de cuadros. Para cambiar, para poder ser otro, otro más. Diferente. Para poder ser encabronadamente diferente.

Y lo de enamorarme parecía importante. Aunque nunca llegué a decírselo a aquella muchacha que conocí en una fiesta y que tenía trenzas, usaba un horrible uniforme del Queen Mary, de larguísima falda azul. Y además no duró demasiado. Una semana.

4

EN SAN COSME ESQUINA CON
MIGUEL SCHULTZ (1966)

Los vietnamitas paraban en seco al imperio y eran chiquititos y Ho Chi Minh fumaba todo el rato, hasta en la bañera, sacando la cabecita para sostener el cigarro y era poeta. Había que estar con ellos Los policías de azul se desplegaron tomados de la mano cerrándonos el paso ¡qué absurdo! Un ballet silencioso porque se me fue el oído y las sirenas desaparecieron Parecían de película de Disney los siete enanitos los tres cochinitos los animales de canción de Cri-Cri y sólo quedaba un hueco entre las alambradas que cubrían el estacionamiento como los ratoncitos de *La Cenicienta* y la calle nomás dos metros de banqueta. Todo estaba lleno de sirenas sirenas y gritos y tú sirenas y Antonio corrían Antonio perdido sin sus lentes y me traía tomado del hombro aferrado jalándome Tu hermano Toño marcándole para donde había que correr Por el hueco Atrás los granaderos estaban apaleando a los manifestantes y una pinche Cruz Roja entraba a sirena abierta por mitad de San Cosme. Triunfal. Y fuiste hacia el hueco por instinto y porque a dónde mierdas más se podía ir dos tipos salieron de la entrada del estacionamiento para cerrarles el paso traían periódicos enrollados en la mano derecha y gabardinas y uno de ellos tenía bigote un pinche bigotón saltaste con un pie por delante para darle en los huevos, para darle y el uno se fue sobre el Toño y sentiste el golpe sobre la ceja la sangre que corría y nomás te había dado con un periódico pero el periódico traía una varilla adentro Con eso y tirando del Toñomiopeaferrado por el cuello de la camisa aprendiste a desconfiar de la prensa Las sirenas atrás y luego nada ni gritos un instante sordera de combate la vida es como el cine y al volver los sonidos eran distantes subieron por la calle Santa María y luego en elevador sin atreverse a mirarse puras pinches ruinas que ves al departamento de tus abuelos y sin soltar al Toño de la camisa tu abuela abre la puerta y ve te ve a un nieto ensangrentado con un tipo prendido a su brazo derecho que le sonríe el nieto no el Toño o los dos y le dicen Buenas tardes señora y ¡verga! que se desmaya tu abuelita y apenas se oían a lo lejos las sirenas Ho Ho Ho Chi Minh y siete puntos en arco sobre la ceja izquierda, la camisa de Toño hecha mierda y la mía llena de sangre y el abuelo, viejo socialista asturiano que había estado en muchísimas manifestaciones, cárceles, una revolución y una guerra a lo largo de su muy larga vida te dijo: ¿Por lo menos le diste una patada en los cojones al policía?

5

TODA HISTORIA ES PERSONAL
(1952)

Debería tener tres años y vestía un impermeable amarillo y pantalones cortos y tenía unas botas de caucho también amarillas. Y me había metido en un árbol que había sido arrancado, o se había caído, un tocón, un pedazo de tronco que tendría menos de medio metro de altura y cuyas raíces enrevesadas afloraban a la superficie, y yo escondiéndome de algo, de alguien, había metido el pie en medio de las raíces y me había enganchado, y no podía extraerlo, y por más que movía el pie no podía sacarlo y no podía gritar y no había ayuda posible cercana y lloraba.

Ese es mi primer recuerdo, mi primera memoria, la primerísima, el origen de toda mi historia, mi completita historia que se inicia con un niño con chubasquero amarillo que no puede sacar el pie de una trampa mortal. A veces pienso si no se tratará de una memoria prestada por las fotos o los recuerdos familiares, eso que llaman la falsa memoria, porque de alguna manera en el recuerdo me veo con el pelo rubio ensortijado que me acompañó muy poco tiempo en mi infancia y que más bien asocio a mi hermano que a mí mismo. Pero no, la angustia está ahí y aquí, y vuelve y no veo el pelo sino el impermeable y la bota atrapada en las raíces. Curiosamente es una historia sin final.

De que saqué la pata la saqué. Por eso estoy contando esta historia. Si no, estaría momificado en un museo. ¿Cómo? ¿Alguien me ayudó? No tengo idea. Ha quedado la angustia de la trampa terrible y sin salida, no el final feliz, no la victoria, sólo la desesperada batalla impotente del niño del impermeable amarillo.

6

PATRIA (1960)

«La patria de cada uno es la infancia, en el sentido moral y cultural; en el sentido físico, las cuatro esquinas en las que se ha meado», decía mi amigo Manolo Vázquez Montalbán en esos arranques de lucidez que acostumbraba frecuentemente. El siquiatra Santiago Ramírez, padre de mi amiga Elisa, decía que infancia era destino. O sea que, sumando: patria era destino y las cuatro esquinas donde measte de niño y de postre había que mirarla como José Emilio Pacheco («No amo mi patria. Su fulgor abstracto es inasible»). Por más que adoro las tres frases, no lo fue para mí. Patria fue una adquisición forzosa adolescente, penosamente apropiada, casi autoimpuesta.

Cuando mi padre, tras haber terminado en la primaria de la colonia, una escuela amable que tenía el horroroso nombre de «Ceferino Aguirre Bilingual School», me dijo: ¿Dónde quieres estudiar? En la Secundaria 4, diría que contesté, y cuando levantó la ceja respondí:

Porque ahí va la gente. Se puso muy contento. Papá había decidido que España era un error que venía del pasado y que había que olvidar lo más rápido posible y me agradecía el apoyo. Seríamos mexicanos. Seríamos mexicanos a huevo. Seríamos mexicanos por cojones y el Popocatépetl no le pedía nada al Everest, por más que mis lecturas infantiles decían lo contrario, y se levanta en el mástil mi bandera y eso me obligó a adquirir patria de la nada y a sacar el promedio más alto de la secundaria para poder ser el abanderado, cuyo mástil de bronce era buenísimo para los chingadazos cuando me perseguían para quemarme los pies invariablemente cada 16 de septiembre (al grito de «La venganza de Cuauhtémoc»). Y como no tenía idea de dónde estaba Aguascalientes o cuándo había nacido Juárez, y no me gustaban las series de televisión mexicanas, tuve que adquirirlo todo, todo todísimo, hasta el gusto por los chiles en vinagre, aunque a veces sin saber lo que estaba haciendo. De tal manera es que patria es lo vivido que te amarra a una gente y a un territorio. Lo adquirido. La identidad construida, la pertenencia, la voluntad de jugártela por algo y para siempre.

Lo bueno de haber sido niño de izquierda, es que traes en los genes la fraternidad y en el cerebro racional la clara idea de que patria son los pobres, porque los ricos prefieren los bancos suizos a los helados en la Alameda.

7

TODA HISTORIA ES PERSONAL
(1957)

Así fue. O así lo recuerdo, que es lo mismo que si hubiera sido, porque ¿quién va a jugar con mi memoria más que yo mismo? Supongo entonces que así fue y que fue en el verano.

Los verdes asturianos brillaban en 16 tonos y las casetas de la playa relucían a la luz del sol, cosa que me importaba un bledo porque yo, a diferencia de todos los demás gijoneses no era un fetichista del verano y Tío me había puesto sobre la mesita de noche las novelas de Salgari que me faltaban, a saber: *El capitán Tormenta, El León de Damasco* y *La galera del Bajá*. Estaba saliendo de la larga letanía de enfermedades de primavera: anginas, gripe, paperas. Para ese momento había tenido de todo un par de veces al menos y estaba experimentando volver a tener algunas de las que se tienen sólo una vez, como la escarlatina y la tosferina, para tener más tiempo para leer en lugar de perderlo en el cole. Para aquella época de mi vida yo había ya descubierto que la escuela interrumpe la educación y no estaba dispuesto a permitir que la aritmética o las ciencias naturales me chingaran las lecturas de Salgari, Verne, Zévaco y Karl May. Pero papá a su vez había descubierto la razón de mis frecuentes enfermedades. Lo había descubierto y encontrado una fórmula de contraataque:

—Si no te enfermas te regalo todos los Guillermos de Richmal Crompton y *El último mohicano.*

La oferta era tentadora. Mientras decidía el rumbo de mi futuro, decían que era el verano y yo tenía frente a mí al capitán Tormenta sitiado en Famagusta bajo el cruel bombardeo de los turcos, que a decir de mi tío Pepe, eran como falangistas monárquicos de la antigüedad y a decir de Rodrigo Artime, gran amigo de mi padre, eran salvajes «antiguos», porque mi tío Pepe era muy anarquista y Rodrigo Artime pensaba que el mundo se había iniciado en Florencia durante el Renacimiento.

Y el capitán Tormenta era la hostia, salía y retaba a los turcos a singular combate y duelo, y tenía una estocada secreta de gran efectividad y mortal resultado, que no se explicaba muy bien al principio del libro. Y había un tipo que andaba husmeando en su vida, un capitán que me parece que era polaco, cristiano y polaco, o sea de los suyos, pero que estaba siempre dándole la lata y fanfarroneando. Y de repente lo hieren y al quitarle la cota de malla, y el casco y todos los hierros con los que el capitán Tormenta se tapaba, coño, chíngale, era mujer. Era niña, no niño.

Y aunque en el libro no se decía que se le vieron las tetas uno así se lo imaginaba.

Momento de profunda reflexión. El capitán Tormenta era niña. Y devorando páginas hasta el amanecer, bajo las sábanas y con linterna, y luego mi mamá decía que este niño está atontado, bajo el sol escaso del Gijón del verano en los merenderos, y mi tía Sara que debería sospechar que yo a mis tiernos ocho años me la estaba sacudiendo con exceso de frecuencia, cosa por demás calumniante, decía que lo que pasaba era que yo estaba medio «apijotado», que en mexicano significaría «apendejado».

Y el/la capitán/a Tormenta hacía de todo, era lo más valiente del mundo mundial y luego se casaba con un turco que era renegado, pero turco. A lo que Tío Ignacio decía que esos eran los mejores, los renegados, como Galileo Galilei, del que yo aún no había leído nada, pero tomaba buena nota de un nombre, Galileo Galilei, renegado, que después llegaría a mis manos tomado de la mano de Bertolt Brecht.

Y el capitán Tormenta era niña, decía aquel yo admirado, en aquel verano gijonés inmerso en las medias palabras y las autocensuras del franquismo y un sol escaso que apijotaba y en mis frustrados intentos en la cocina de casa por reproducir la estocada secreta, armado con una badila que se usaba para remover los rescoldos de un brasero bajo la mesa camilla y que me fue retirada por peligrosa y sustituida por tía Ángeles por una escoba recortada. Y dos fintas de frente, torsión, a fondo, giro y a

25

matar para clavársela al enemigo por la axila, en el hueco que quedaba entre el brazo y la armadura. Estocada de origen veneciano que Leonor de Éboli había aprendido con un maestro suyo, que según tío Pepe era cojonudo y no podía ser falangista y que según Rodrigo Artime era un «fino artista veneciano». Una estocada que hoy en día calificaría como sobaquera.

Y tuvo que ser bajo la brutal embestida feminista que significó en mi vida la entrada de la capitana Tormenta, que apareció el sexo.

Mamá me había secuestrado de mis sesiones de lectura y me había llevado a la playa sin libros, con mis amigos y sus mamás, o sea sus amigas, y formábamos una *troupe* jolgoriosa, con cubos y palas y pelotas. El agua estaba helada y después de mojar las puntas de los dedos del pie, para demostrar que yo era un hombre sin prejuicios, estaba practicando la estocada secreta mientras era el portero en un partido de fútbol en el que afortunadamente todo sucedía en la portería de los contrarios, cuando mamá al grito de «*PacoIgnacín*», nombre que me ha perseguido desde entonces hasta nuestros días, sin que merme en exceso mi decoro, me mandó a la caseta por una tortilla de patata. Dejé la portería a sabiendas de que nada podía suceder en mi ausencia y vagué hacia la caseta donde solíamos dejar ropa y comida a buen resguardo. Esto de las casetas, que alegran multicolores una esquina de la playa de Gijón, debería tener un origen decimonónico, puritano y aunque yo no lo sabía, marcaba la diferencia clasista entre el oriente de la playa y el occidente, donde la gente se cambiaba la ropa de calle usando una toalla gigante para cubrirse los cojones, o se marchaba para casa con el culo lleno de arena y el traje de baño bajo los pantalones.

La puerta de la caseta estaba cerrada por las cintas habituales, pero no le di mayor importancia, porque solíamos cerrarla para que ningún perro abusador se comiera las tortillas, de tal manera que alcé una esquina y me colé.

El cielo se abrió ante mis ojos.

Ahí estaba la madre de dos de mis amigas, pequeñajas ellas, con el traje de baño a la cintura y dos enormes pechos blancos y relucientes al aire libre. La mujer se había ceñido la parte inferior de un traje de baño verde esmeralda, aún no subía la superior y los tirantes colgaban mientras miraba hacia el suelo buscando musarañas en la arena. Alzó la vista y debió sorprender mi adoradora mirada, porque sin decir nada se cubrió los pechos con los brazos mientras un enrojecido yo, piel roja roja, como Winnetou, el jefe apache, musitaba algo absurdo, tomaba la tortilla y volaba hacia la portería, de donde mi madre me fue a rescatar poco después, preguntándose por qué su hijo estaba tan absolutamente apijotado que hacía de portero con un platón con una tortilla de patata en la mano.

A duras penas logró arrancarme la tortilla, que yo defendía como si fuera el balón nunca llegado. Yo pensaba en los gloriosos pechos de la madre de las pequeñajas, que eran, tenían que ser, ni un centímetro cuadrado de piel menos, como los del capitán Tormenta.

Al final del verano debido a mis frecuentes faltas, al volver al colegio fui a dar a los últimos asientos de la clase, porque los primeros se reservaban a los que tenían buenas notas, y compartí una banca de tres, un pupitre gigante, con Caraculo, llamado así por sus enemigos, porque le había mordido la cara un burro y le habían injertado un pedazo de piel de la nalga en una de las mejillas (estas cosas raras las hacían a final de los años cincuenta, sepa ahora lo que colocan), el caso es que sus malignos compañeros de la primaria «Blanca Nieves», lo bautizaron como Caraculo y la maestra, para evitar que fuera masacrado verbalmente lo mandó a la última silla de paleta en el profundo fondo del salón. A su lado habían puesto a su único amigo, un tal Fermín, delgado como caricatura, de nariz punzante como soneto de Quevedo, al que sus enemigos, que no faltaban, habían bautizado, por su cercanía con Caraculo, como Carapijo.

Benévolamente creo recordar que yo no participaba del abuso, pero quizá mi memoria es complaciente con el que entonces era. Lo que sí registro es mi profunda cobardía al no atreverme a sentarme cerca de ellos, no fuera a ser que alguien dotado de imaginación fuera a apodarme Carahuevo o Caranalga, aunque entonces no era tan orondo como ahora. Porque como todo el mundo sabe, no hay nada más cruel que la puta infancia.

Lamentablemente ni Carapijo ni Caraculo, aunque jugaban bien al fútbol, estaban interesados en el capitán Tormenta o su ayudante el albanés Mico, y su versión del sexo era más bien primitiva y poco informada. La maestra insistía en explicarnos la diferencia entre el diámetro, el radio y la circunferencia. Con tal cúmulo de nefastas perspectivas decidí que lo mejor que podía hacer en mi vida era enfermarme y pesqué una hepatitis negra, que me permitió leer *Los Pardaillán* completos, sin estorbos. Así lo recuerdo, creo.

Y sé, ahora, casi 50 años más tarde, que mi talante igualitario y profeminista aún incompleto se gestó aquel verano del capitán Tormenta, que habría de ser confirmado en otro verano, el del 68 durante la gran huelga universitaria mexicana. Y que los intocados e impolutos pechos de las mamás de mis amigos de infancia, son el botín común de la memoria de los novelistas; que bien saben que comparten con sus lectores los amores por ese territorio común que es la nostalgia de la infancia.

8

INFANCIA ES DESTINO
(1950-1968)

Santiago el Rompecoches era considerado por su familia, bastante conservadora, como un niño muy muy mal hablado, propietario de un grueso lenguaje aparentemente innecesario para un niño de su edad. Me lo imagino absolutamente inocente, de pantalón corto y unos gruesos lentes de miope. No debería tener más de seis años. De tal manera, que sus progenitores (malignos e inconscientes) lo colocaron en un balcón de su casa, de esos que en la colonia Santa María la Ribera no levantan más de un par de metros de la calle, con un letrero colgado del pecho que decía: soy un lépero. Grave error, porque el infante aprovechó la semana de castigo para confirmar su perversión, diciéndole a todos aquellos que pasaban y se quedaban observándolo: ¿Qué me ves, pendejo?; A chingar a tu madre, huevón; Soy un niño, culero; Sácate a mover el fundillo a otro lado, y otras maravillas de su abundante catálogo.

Años después, miembro del Consejo Nacional de Huelga por la Facultad de Química de la Universidad Nacional, el Batallón Olimpia le pegaría un tiro en la rodilla en el edificio Chihuahua durante el ataque del ejército en Tlatelolco. Pero parece que estas dos historias no están relacionadas.

9

TÍO (1960)

Tres de *Tarzán* en el cine Goya era el premio a todos los sueños al que llegabas tomado de la mano de tu tío abuelo, el hombre más bueno del mundo, el más inteligente, el más evidentemente sabio. Belarmino cuenta que paseaba con su abuelo, el dirigente minero asturiano Belarmino Tomás tomado de la mano. Algo ha de haber mágico en eso de que en la infancia te paseen de la mano viejos socialistas. Hubiera debido preguntarle a Guillermo Fernández si esta es una historia que se repite y a Paco Abardía y a Tatiana Coll.

Tu Tío había nacido al final del siglo XIX y era el superviviente junto con una hermana, de nueve hijos de un capitán de Marina, a los que se llevó el siglo por una epidemia de tifus. Se decía que era descendiente de nobles castellanos, pero renunció a cualquier título mucho antes de la llegada de la República y trató de hacerse pintor en la madrileña Academia de San Fernando. Una crisis bancaria dejó a su madre, ya viuda, en la miseria y tu tío abuelo tuvo que dedicarse al periodismo.

Contaba que las mejores novelas de aventuras eran los diarios de viaje de su padre y que unos antepasados suyos, virreyes del Perú eran —como todos los aristócratas, añadía— unos ladrones que fueron expulsados del virreinato y perseguidos a flechazos por los indios para quitarles el oro y la plata que se llevaban en claro latrocinio.

En el año 1934, cuando los mineros asturianos se levantaron en armas fue capturado por la Guardia Civil y aunque no había tomado parte en los combates, por ser periodista y socialista fue llevado a una prisión improvisada, el convento de las Adoratrices, donde un tal comandante Doval de la Guardia Civil dirigía las sesiones de tortura. Al paso de los años se atrevió a mostrarme dos fotografías suyas, fotos de pasaporte, la primera era de antes, la segunda después de que lo habían liberado. Esos dos hombres eran diferentes, el segundo era terrible, mostraba un rostro totalmente desencajado y enflaquecido, los ojos perdidos. También años más tarde me hizo varios dibujos de las celdas del convento, los torturados, los hombres hacinados.

Daba escalofrío contemplar a ese personaje al que yo quería tanto. No me cabía en la cabeza que un hombre tan bondadoso hubiera pasado por aquello.

La familia se exilió en Francia y luego en Bélgica y Tío me regaló una foto suya en el paseo de la playa de Saint-Malo, donde se ve a lo lejos el bastión del fuerte. Llegué al paso de los años a un encuentro internacional de novela de aventuras y fui a buscar el sitio exacto para tomarme una fotografía igual gracias a la gentileza de un bañista. Quería ser él, quería ser como él.

En el exilio produjo una cadena de reportajes que reflejaban la visión de los vencidos de la revolución de octubre. Los ocho artículos se publicaron anónimamente en el momento en que se levantó la censura en España en 1936, las tiradas se agotaron y hubo reproducciones en *Le Populaire*, la revista belga *As* y el *Daily Worker* norteamericano.

Durante la guerra civil se escondió en la casa en un falso cuarto. Conservas un dibujo que retrata el paisaje desolado que se veía desde un ventanuco. La familia vive de vender sus libros. Será capturado y terminará en un campo de concentración en Avilés donde todos los viernes, sacaban a un tercio de la población para fusilarla.

Ignacio acompañó a los Taibos al exilio mexicano y siguió siendo un socialista fabiano, de ese socialismo que se basa en la bondad propia y el descubrimiento de la ausencia de bondad ajena; estaba en contra de la violencia pero no podía dejar de reconocerla como último recurso. Era tímido políticamente, socialista por sus creencias, pero fuertemente influido por el anarquismo y el pensamiento libertario al que no dejaba de darle razón y razones.

10

TODA HISTORIA ES PERSONAL
(1962)

Tragedia. Al gordito Montalbo le decíamos el Jitomate. Era redondo, con un pelo rizado que se alzaba con un pequeño copete sobre un rostro de pollo, nariz ganchuda pero pequeña y grandes cachetes sonrosados. Lo había asumido bastante bien en aquella secundaria federal donde los apodos solían ser de una precisión maligna. El problema es que cuando pusieron unas regaderas y nos obligaron a bañarnos después de las clases de deportes, Bustamante, mejor conocido como la Bruja, descubrió que el Jitomate tenía el pito chiquito, apenas visible bajo la pancita redonda, y salió a la puerta a dar cuenta de su hallazgo a gritos, para instantáneamente rebautizar a Montalvo como el Pitomate. Eso lo puso al borde del suicidio. Mi júbilo de entonces se vuelve arrepentimiento de hoy.

Los apodos eran ley divina. Recuerdo al Chorejas, que tenía un par de orejas saltonas que lo hacían aparecer como aeroplano, a Ricardo, bautizado el Fino por razones que todos ignoraban, Aguilar llamado el Oso, y a Muciño, conocido como el Monje Loco.

A mí me crucificaron: fui bautizado sucesivamente como Marisol, Joselito y Platero símbolos del desgraciado accidente que me había hecho nacer en España, de mi acento que no había aprendido a ocultar, de lo profundamente ojetes que son los adolescentes y de las fobias merecidísimas de los mexicanos contra la hispanidad colonialista.

Terminé odiando a Sarita Montiel, cuando durante un mes me apodaron la Violetera. Sobreviví.

11

IDIOTAS Y MACHISTAS
(1964)

Te acompaña una sensación de vergüenza cuando recuperas recuerdos. En la secundaria yo no era particularmente idiota, me salvaba no el reconocimiento de la igualdad profunda entre niños y niñas que aún no había adquirido, pero sí el romanticismo salido de mis lecturas y un mucho el capitán Tormenta. No era activo en el verbo que volvía a cualquier mujer medianamente guapa, adolescente o maestra, desconocida callejera o madre de un compañero, en descripción soez: «Si tiene hoyo es salvavidas»; «¿Viste qué botapedos?»; «Si como lo menea lo bate, qué sabroso chocolate». Yo no era activo en ese lenguaje pinchemente machista, no eran cosas que solía decir, pero era algo peor, me callaba o reía las bromas de otros. Era cómplice.

No eran los albures que tenían la gracia del verbo y que no pretendían intenciones de metérsela a nadie aunque de eso se estuviera hablando todo el tiempo en duelo dialéctico: Para tu nuevo uniforme: «tela de Java», «tela de juir», «tela Zambuto», «tela de…». «Pa dentro / de tu centro / te tapo con cemento / y te dejo el albañil adentro».

Era algo peor, era la incapacidad de mirar a las mujeres como diferentes pero iguales. Hablábamos de sexo como si lo conociéramos y siempre dentro de un machismo baratón. Cuando la secundaria se volvió mixta en el último año, más de media docena de mamones se pasaron imaginando y maquinando cómo lograr acceder a una rendija que diera al baño de mujeres, por cierto que fracasaron.

Teníamos en nuestras filas casos patéticos. Un compañero de apellido Lazcano se sentaba en la barda exterior, zona de paso de las secundarias de la zona, se abría la bragueta y la cubría con un libro, para luego llamarles la atención a las chavas que circulaban. Transitaban por ahí decenas de compañeras de la secundaria anexa a la Normal, que recuerdo tenían un uniforme con suéter verde. En una de tantas, un grupo de cinco lo enfrentó y en lugar de salir huyendo empezaron a burlarse de él: ¿Y con esa chingaderita andas por la calle? ¿No te da pena enseñarlo? Tan profundamente lo madrearon ante el regocijo de muchos compañeros, que le cortaron para siempre la racha exhibicionista. Desde entonces las vimos con respeto y admiración y les cedíamos el asiento en el tranvía.

12

MUÑECAS CONTRA CARPINTEROS
(1950 Y ALGO)

Paloma contará que en su infancia las muñecas no califi-
caban al lado de las pelotas, las de voli, pero sobre todo
las de frontón, y este será el origen de su eterno pleito
contra la industria juguetera que impone juegos de cocina a las niñas y mesas de carpintero a los niños y no a la
inversa.

13

EL CENSO (1961)

Siempre he tenido problemas a la hora de rellenar datos para fines oficiales. Dudo a la hora de poner «escritor» en «oficio», pero afirmo con un escueto «ninguna» en «religión». Escribo «turismo» en los formularios de Relaciones Exteriores en lugar de «trabajo», y tengo la tentación de poner «Winston Churchill» en las listas de presentes que se hacen en mítines y conferencias de la izquierda. Así me registré en la cárcel de Villahermosa una vez que me retuvieron junto a López Obrador, cuando visitamos a los presos políticos de las movilizaciones contra los abusos de Pemex. Incluso, Paloma y yo enseñamos a Marina a dar su filiación de la siguiente manera: ¿Ojos? Abiertos y cerrados. ¿Nariz? De cacahuate. ¿Señas particulares? Me apestan las patas.

Gozo al recordar la cara que puso el empleado del censo cuando entrevistó a mi tío abuelo y le pidió que llenara la línea de «religión». Y le ofreció opciones: católico, cristiano, musulmán, judío y otras y mi tío respondió muy seriamente: Póngale «panteísta moderado», lo cual a mí, que tenía 12 años, me pareció sorprendente y me pasé días buscando una definición de panteísmo. La sigo buscando gracias a Google: «El panteísmo es una creencia o concepción del mundo y una doctrina filosófica según la cual el Universo, la naturaleza y dios son equivalentes. Ergo: todo es Dios. O nada es dios, pero *moderado*».

14

CARNE RUMBO AL PARICUTÍN
(1965)

¿Por qué Paco Pérez Arce y Paco Ignacio Taibo a los 16 años eligieron las cenizas del Paricutín como destino? ¿Por qué particularmente les interesaban los restos de la erupción de un volcán, ese supuesto mundo desolado? José Revueltas había estado allí cuando la erupción del 43 y había escrito un reportaje. ¿Era por eso?

Recuerdo básicamente la foto, pantalones y chamarras de mezclilla, unas enormes mochilas al hombro y sombreros de palma. Aprovecharon unas breves vacaciones y en camiones de segunda y de tercera tomaron rumbo hacia Michoacán. No sé si le propusieron el viaje a alguno de sus compañeros, pero nadie les hizo mucho caso.

Los Pacos compartían salón en la Preparatoria Nacional número 1 y se habían hecho muy amigos porque eran de izquierda, leían a destajo novelas y poesía, defendían los maravillosos murales de San Ildefonso y jugaban básquet.

En algún poblado que ya no recuerdan arribaron a las dos de la madrugada y vagando por solitarias calles encontraron para dormir una casita que tenía un decaído letrero de «hotel» en la fachada. Un cuarto de paredes desconchadas, dos camas sin resorte ni colchón y una mesa de metal con el logo de la cerveza Corona. A mitad de la noche un cuate de rostro desencajado y casi sin dientes, tocó a la puerta y les ofreció «carne». Ellos de pendejos dijeron que ya habían cenado. Se rio y se fue. Dormimos el resto de la noche con la mesa de Corona apoyada contra la puerta.

Al amanecer y tras ver quiénes salían de los otros cuartos, llegaron a la sabia reflexión de que lo que se ofrecía era otro tipo de carne y que se habían metido en un burdel.

Llegaron a Angahuan y ninguno de los dos recuerda el volcán por más que lo intentan.

15

EXTRANJERÍA (1967)

A los 16 años podía cantar casi completa *Asturias, patria querida* y totalmente el himno de Cimadevilla («pero si alguien trata de ofendernos, me cago hasta la leche que mamemos») y *El tranvía de Gijón*. Eran parte de los rituales navideños que junto con *Los hermanos Pinzones* (los que «fueron a Calcuta a buscar hijos de puta») y *Los viajes de Colón*, formaban esencia de los maravillosos protocolos familiares, que eran ricos en insultos, irreverencias y surrealismo. No sabría encontrar Avilés en un mapa asturiano y era plenamente consciente (aunque no recuerdo los argumentos) que Oviedo era mucho peor que Gijón. Tenía un amor misterioso por las gaitas que estuvo a punto de causarme un divorcio cuando me dio por escuchar a los grandes gaiteros asturianos José Manuel Tejedor, José Ángel Hevia y Xuacu Amieva y las bandas escocesas a todo volumen en el tocadiscos. Todo ello unido a una actitud de embobamiento, mensez pura, al ponerme ante el mar, originada sin duda en algún recóndito hueco de la infancia. En mi casa, asturianas eran una mezcolanza de anécdotas sobre la guerra civil y la revolución del 34, extrañas bromas, dichos y sorprendentes biografías (las del Cubiles, Rambal y El Chabolu), algunas gloriosas recetas de cocina y poco más. En cambio mexicanos eran la enorme mayoría de los amigos de mis padres, la casi totalidad de las conversaciones y todas las preocupaciones. No era español, ligera, muy ligeramente asturiano, claramente mexicano y todo ello de una manera muy confusa.

16

LAS MEDIAS CALADAS DE
COLOR AZUL (1967)

Uno no elige las imágenes que han de perdurar, ellas se fijan a la retina con singular arbitrariedad y potencia. Por ejemplo, las piernas de medias caladas azules de la muchacha apoyada en el barandal del segundo piso de la escuela, que llevaba sus libros con una cierta coquetería, como diciendo que no eran para leerlos sino para que se los cargaras, en el único acto de sumisión del machismo que conocíamos por aquel entonces.

Por culpa de esa imagen terminé casándome con ella, en uno de los matrimonios más ruinosos que los alegres muchachos de la lucha de clases recuerdan.

17

DON FRANCISCO, DON LOPE Y
DON LUIS EN PREPA 1 (1966)

El Siglo de Oro llegó arrasando y escindiendo nuestras filas: el Hombre Lobo adoptó a Góngora porque en el fondo de su pedante corazón le iba el barroco verbal, el ocultismo, las sinuosidades del lenguaje, Joaquín Ortega adoptó a Lope de Vega por la elegancia entonces ausente y perdida en nuestra generación y Paco Ceja, Carlos López y yo nos hicimos adictos de Quevedo, porque era el único, el imposible, el que poseía el verbo que mataba.

Éramos fieras, porque mira que hay que tener huevos azules para recorrer los pasillos de Prepa 1 consumiendo paletas de fresa y recitando a coro: «Qué perezosos pics, qué entretenidos pasos llevan a la muerte por mis daños. El camino me alargan los engaños y no se escandalizan los perdidos».

Bastaba una palabra para desatar la furia:

¿Troya?

Y a coro: «Si todas las espadas que diez años sobre

Troya desnudas tuvo el griego; si de Roma abrasada todo el fuego, si de España perdida tantos daños...».

Leíamos a Lenin y a Mao Tse-Tung, pero no los citábamos, eran obligaciones ideológicas, pero la memoria y la gloria se reservaban para don Francisco, don Lope y don Luis.

Para leer: Víctor Serge: *El año I de la Revolución rusa; La gran revolución francesa*, del príncipe Kropotkin; *En ciudad semejante*, de Lisandro Otero, pero para citar a Luis de Góngora: «Urnas plebeyas, túmulos reales, penetrad sin temor memorias mías, por donde ya el verdugo de los días con igual pie dio pasos desiguales».

Éramos la fascinación de las cultas y el oprobio de las yeyés, la fobia indomable de los maestros de física y el aterciopelado pánico de los analfabetas funcionales; el odio más que apache de los fascistas del MURO a los que les largábamos de repente y en el hocico: «Déjame en paz pacífico furioso, cobarde matador».

Entre los geniales murales de Orozco, las piernas también con medias caladas de Ofelia Medina, el sol que trastabillaba por las esquinas de los patios, sólo sonaba nuestra rumba: «Alma a quien todo un dios prisión ha sido, venas que humor a fuego han dado, médulas que han gloriosamente ardido, su cuerpo dejarán, no su cuidado; serán ceniza mas tendrán sentido, polvo serán, mas polvo enamorado». ¡Órale, güey! Éramos cenizas, pero repletas de sentido, éramos polvo, pero no cualquier pinche polvo de las tolvaneras y los remolinos de los llanos de Azcapotzalco o Neza, éramos polvo enamorado.

Quevedo es para mí, entonces y eternamente, un poeta deslumbrante. Hay frases de él que me persiguen a sol y sombra y no perdonan. Cuando pienso en la palabra «idioma», veo su imagen de miope maligno, pero sobre todo escucho el eco de sus versos.

La cosa terminó por agotamiento, la solidaridad con la huelga de las escuelas de agricultura, en la que nos metimos de cabeza, nos robó a Góngora, Lope y Quevedo, no sin antes haber recitado a coro en la fiesta donde se coronaba la reina de la belleza (qué tiempos ingratos y monárquicos donde había reinas en las escuelas): «Nunca vi damas ingratas a su gusto y afición; que a las caras de un doblón hace sus caras baratas». Lo que produjo que la agraciada Rosa Yáñez, dejara de dirigirme la palabra una semana, sin acabar de entender si la admiraba o me estaba burlando de ella, sugiriendo que lo de ser candidata a reina de la belleza era una pirujez.

18

AMORES (1966-1970)

La gente se enamoraba de una manera terminal en aquellos días. Era de patriaomuerte. Joaquín se enamoró perdidamente de nuestra compañera y actriz Ofelia Medina que triunfaba en una película llamada *Patsy, mi amor*. Yo perdí la brújula durante tres años a causa de una fugaz mirada hacia el barandal del tercer piso, donde una muchacha de minifalda y medias caladas azules esperaba que la miraran. Algunos babeaban sin remedio, otros simplemente se deslizaron al torrente de amor.

Eso distorsionó nuestros gustos musicales en materia de moda o tradiciones familiares y dio entrada a Charles Aznavour, José Feliciano, Gilbert Bécaud o Manzanero. Afortunadamente no duró mucho.

Teníamos 18 años y estaba difícil no estar enamorado de estar enamorado. Allí se fraguaron decenas de parejas y futuros matrimonios que luego fracasaron. Pero mientras duró fuimos fervorosos e intensos, lo mismo para leer a John Reed que para ir al cine a ver *Un hombre y una mujer.*

Y sin embargo, años después, recupero en la red *Et maintenant* de Bécaud, que habla de un corazón que late demasiado y demasiado fuerte y el rostro se me inunda de una sonrisa de lobo de la Caperucita dedicada a aquellos que fuimos.

19

EXTRANJERÍA 2
(DE 1959 A 1969)

A los diez años es muy fácil saber cuando eres extranjero. De la banca de atrás llega un recado en papel cuadriculado y doblado en cuatro, dice: Pinche gachupín. No te sabes el nombre de la capital de Coahuila. No distingues entre el 16 de septiembre y el 21 de marzo. Se reirán de ti cuando digas «retrete» y no «baño», «acera» y no «banqueta», «ascensor» y no «elevador».

La vida así tiene un costo esquizoide, aprendes que como *La Pimpinela Escarlata*, (que era lo que andaba leyendo a los diez años) tienes que tener doble personalidad e ir cambiando el Rin y el Támesis por el Usumacinta y el Grijalva.

Por razones defensivas mi acento lentamente se fue chilanguizando y lo fue definitivamente en 67 y 68. Y terminé de ser un yo raro y nuevo cuando comencé a militar semiclandestinamente en el sindicalismo de batalla. Y responder a la pregunta: «¿Y tú de dónde eres?» con un ambiguo: Del norte, que lo mismo podía significar el norte del DF, poquito abajo de los Indios Verdes, que las áridas fronteras de Chihuahua y que cautelosamente omitía que Asturias era el norte de España. En cualquier caso la esquizofrenia no era tan mal rollo.

20

LAS MUJERES QUE AULLABAN
(1966)

Quedamos deslumbrados y sorprendidos, ¿cómo había logrado evadir la censura esa película?

Hacía frío, debería acercarse el fin del año. La línea de granaderos ante el cine en Reforma al estrenarse *La batalla de Argel* era siniestra. Amenazaba descalabro, madriza, agravio. ¿Quién los había invitado? ¿Cuál era el delito en ser espectador?

Sabiduría represiva tenía el Estado, porque todos los que fuimos al cine pensábamos que el capitalismo priista era una mierda. *La batalla de Argel* era agitación pura y dura: canto a la revolución argelina, políticamente sin concesiones.: «¿Por qué ponemos bombas en cafés y oficinas? —responde un dirigente del FLN a un periodista—. Porque no tenemos aviones como los de ustedes que bombardean aldeas indefensas».

Los que íbamos saliendo nos frenamos en las escalinatas, ante la visión de la fila azul de granaderos con cascos, escudos y porras; que estaban a unos metros, no eran demasiados, un centenar, mancha azul sobre el primer carril de la calle.

Claro, la respuesta natural de los no tan inocentes cinéfilos fue comenzar a aullar, a ulular como las mujeres argelinas que acabábamos de ver en la pantalla. Desconcierto y empate. Ni ellos avanzaron ni nosotros dejamos de gritar con ese canto medio salvaje que sale del paladar. ¿Cuánto duró? Un minuto, como todo lo que importa, una eternidad.

Años después conocí a Gillo Pontecorvo, me llevó a su casa mi editor italiano, Marco Tropea. Pontecorvo era un viejo encantador, tímido y muy calvo. No resistí y ante su sorpresa le di al director de *La batalla de Argel, Operación Ogro* y *Quemada* un sonoro beso en la calva.

21

ALFABETIZANDO (1966)

Se viajaba en la tarde en unos camiones verdes de 30 centavos, repletos de gallinas (quién sabe por qué lo evoco de esa manera) que subían penosamente de Indios Verdes hacia Ecatepec, en el supremo norte de la gran Ciudad de México.

No recuerdo cómo llegamos Adriana y yo a Xalostoc, pero sí tengo clara memoria de lo que hacíamos: alfabetizábamos. En una covacha de 10 metros cuadrados en medio de un llano con tierra y fango químico donde había un pizarrón y dos tablas ancladas en la tierra donde se sentaban los alumnos. Se alfabetizaba en las últimas horas de la tarde porque no teníamos luz eléctrica, a la salida del turno de obreros de varias pequeñas empresas, casi todas ellas laminadoras. No es fácil enseñar a leer y gracias a un cura rojo local que nos la había prestado teníamos una cartilla cubana que se había traído de recuerdo y la seguíamos al pie de la letra —nunca mejor dicho— como si fuera pura luz.

Nuestros alumnos, nunca más de dos docenas, llegaban frecuentemente con quemaduras leves, porque la inseguridad laboral en las laminadoras era pésima y las rebabas ardientes brincaban a la ropa y a los brazos. Y así íbamos martes y jueves cuando un compañero llamado Moisés nos puso enfrente un sobre y preguntó de qué eran los números.

Era el sobre de su sueldo. Y pasamos de alfabetizar a enseñar aritmética básica, con docenas de sobres similares enfrente.

—La suma está mal. Y esto es el descuento del sindicato.

—Cuál sindicato, si no tenemos.

—Y esto dice que es la cuota del Seguro Social.

—Tampoco tenemos.

—¿Y las curaciones de las quemaduras?

—Cada cual paga de su bolsa, porque hay un dispensario.

—¿Y esto?

—Es de las horas extras.

Y además de la cartilla y de un ábaco, tuvimos que buscar una Ley Federal del Trabajo y descubrir que las horas extras se deberían pagar doble.

Aumentó el número de alumnos, cada uno con su sobre en la mano. Hasta que un jueves cuando salíamos de la escuelita nos esperaba un patrulla de la policía del Estado de México con las luces apagadas. Por más que trato de recordar no alcanzo a saber en la memoria si estaban

57

de uniforme o eran judiciales, si era una patrulla o un carro de civiles, si nos enseñaron la credencial o nomás una pistola, si dijeron qué empresa nos había denunciado. El miedo es mal compañero a veces para recuperar memoria.

Lo que sí recuerdo es que dijeron que la escuela se cerraba y no quisieron escuchar nuestros tímidos argumentos, si acaso nos salieron de la boca, de que alfabetizar era una consigna de la Secretaría de Educación Pública y que lo que estábamos haciendo era legal. Nos sacaron de Xalostoc en la patrulla mostrando de vez en cuando la pistola; a Adriana la tiraron al piso en el asiento de atrás y le pusieron un pie encima. Nos dejaron tirados en Indios Verdes cuando empezaba a oscurecer. No regresamos a la escuelita. Tampoco volví a ver a Adriana Valadés. Años después me enteré de que habían quemado el local. Redescubrí a varios de nuestros exalumnos cinco años después. Pero eso era otra historia.

22

LAS MAÑANAS (1967)

Las mañanas son *orribles*, hasta sin *h* por carentes de ortografía; obviamente las calles en la ciudad aún no han sido puestas. Hay una brutal perversión en el mundo adulto en pensar que los días se inician a esas horas de claroscuro, tonos grises y amaneceres húmedos.

En eso y sólo en eso parecía coincidir el maestro de historia. Ofrecía un aspecto deplorable y lagañoso tras sus lentes oscuros. Tenía un traje desgastado al que conforme avanzaba el año parecía habérsele ido el color café que alguna vez fue simplemente «marrón triste». Corría el rumor de que varias veces lo habían visto salir de un prostíbulo en la calle Regina poco antes de llegar a la clase de las siete. Se lo hubiéramos perdonado, solidariamente: pero lo inaceptable es que era un hijo de la chingada. Sabíamos que era diputado suplente del PRI, de otro culero que le pasaba una cortísima feria por cargar el portafolio y que nunca se iba a morir. Daba clases por el mezquino salario y porque ser catedrático en Prepa 1 le proporcionaba un marciano prestigio, quizá con su madre. Vendía sus apuntes en medias hojas de borroso papel revolución mimeografiadas y con grapas y amenazaba con que nadie pasaría el año si no se las comprábamos. Al abrir la puerta del salón 400 y algo, entraba con él un viento gélido, se sentaba mirándonos con desprecio y durante 50 minutos leía los apuntes que se había copiado de quién sabe dónde con una voz tan monótona que todas las palabras, los nombres, las geografías sonaban igual. Habitualmente los rojos del salón le hubiéramos hecho la vida imposible con preguntas, dudas e incluso albures; pero a las siete de la mañana estábamos agotados por la vida.

El número de alumnos y alumnas que caían dormidos sobre la paleta de las bancas solía ser alto (siempre acompañado de un débil coro que susurraba «Azotó la res») hasta que un compañero, del que vagamente recuerdo que era apodado la Bruja, consiguió en una obra en construcción un palo flaco de dos metros, con el que de vez en cuando les picaba el fundillo a los jetones provocando que saltaran de la banca como cirqueros, ante el desconcierto del profe, que nunca debió entender que la historia de la Independencia de México causara tanto júbilo en algunos.

Por su culpa y la de aquellas mañanas en que me comía el mundo a bostezos y donde la vida me exigía horas de sueño por pasarme las noches leyendo novelas o pintando consignas contra el gobierno en las bardas de la Industrial Vallejo, es que logro enemistarme con Miguel Hidalgo, José María Morelos y Francisco Javier Mina, y tardé diez años en reconciliarme con ellos para luego quererlos a morir.

23

TODA HISTORIA ES PERSONAL
(1966)

Cuando se descubrió que el Gerardo, conocido como el Sol Rojo, usaba el *Pekín Informa* para calentar el agua y bañarse en un calentador de combustible en el patio de su casa, se produjo una crisis de regulares dimensiones (de esas de «te voy a hacer tu autocrítica»). Esto coincidió con que Mao Tse-Tung nadó en el Yangtsé. Mi padre se burlaba de mí diciendo que al no haber una cámara bajo el agua no se veía el submarinista en un triciclo sobre cuyos hombros Mao apoyaba los pies. En 1966 Mao tenía 73 años. Macizo, absorto, orondo, napoleónico, Mao dominaba la escena desde la cubierta de un barco, en el punto donde las aguas del Yangtsé se arremolinan frente a la negra ciudad industrial de Wuhan; cerca de ahí, en medio de una mancha verde, se oculta el retiro favorito del gran timonel rojo.

Las crónicas registraban: Vestido con un traje de baño ornado con coquetos dibujos de la fauna y la mitología chinas, no sólo nadó, saludó lentamente a un asombroso espectáculo de revista acuática, 5 mil atletas que nadaban en apretadas filas, un vasto cardumen de arenques humanos que enarbolaban sentenciosos carteles de papel, uno de los cuales advertía: «¡Los imperialistas están molestando a China de tal modo que China tiene que tratarlos duramente!». Un grupo de 200 escolares se las arreglaba para nadar y cantar al mismo tiempo «Somos los sucesores de la causa comunista».

El acto se cerró con un número especial: su protagonista fue el mismo Mao. «Caminó firmemente por el trampolín —relataría Radio Pekín—, y después de sumergir su cuerpo en el agua, estiró los brazos y nadó con vigorosas brazadas.» «Por momentos —añadía el locutor, con la debida reverencia— nadó de costado; luego flotó y contempló el cielo».

Al día siguiente, cuando llegó a sus 700 millones de súbditos la noticia de que Mao había nadado un total de 13.5 kilómetros, desmintiendo así todo rumor deprimente acerca de su salud, los 700 millones hallaron que esa noticia «vigorizaba el corazón de todos» y «les aportaba una inmensa inspiración». El mundo exterior la recibió con reacciones diversas, desde el divertido asombro de *Pravda*, de Moscú (según el cual Mao habría reducido a la mitad el récord mundial de las cien yardas), hasta el escepticismo del *Daily Mirror*, de Londres (cuya aviesa sospecha, coincidiendo con mi padre, era que el nadador fue «mantenido a flote por ocultos hombres rana»).

Una magna conmoción estremeció a las oficinas diplomáticas ocupadas en mantener información sobre China comunista.

—Mao es Mao y Lin Piao es su barbero —decía mi padre, feliz ante mi incapacidad para revirar tan intrincados argumentos.

Yo era un maoísta con sentido del humor, pero no tanto.

24

QP (1967)

La plebe de izquierda decidió incorporarse al deporte. A su manera. Y una docena de nosotros nos inscribimos en un torneo de volibol. El primer tema fue ponerle un nombre al equipo y decidimos llamarlo Gansitos QP (¿Qué pedo?). En la primera línea estaba Deméneghi, que era una fiera para las matemáticas pero tremendo miope y que jugaba sin lentes; los demás no estábamos mejor calificados; intentamos incorporar a un mujer, Hilda Loyo, que era la única que tenía alguna idea de ese deporte, pero los machistas organizadores nos la negaron, era un torneo masculino.

Perdimos los cuatro primeros partidos y eso que no hubo más porque nos descalificaron, pero fuimos un éxito de público, llenando en nuestros partidos el segundo patio de la prepa, desbordados los barandales. Celebrábamos cada punto en contra como si les hubiéramos ganado en las Termópilas lo que indignaba al árbitro; pero éramos elegantes y afables y felicitábamos al contrario cuando hacían alguna buena jugada y danzábamos cuando de casualidad anotábamos un punto.

Cuando asistíamos al baile de fin de año, uniformados de trajes grises y azules y vaporosos vestidos largos, rosa, naranja y violeta, todos los del Frente de Izquierda (que incluía buena parte de los Gansitos) nos paralizamos en la puerta enfrentados a la represión del prefecto que no dejaba entrar a Gustavo Vergara (alias el Hechizado) porque no traía corbata. Fue un gran momento cuando medio centenar de compañeros se despojaron de sus corbatas y las tiraron al suelo y las compañeras se quitaron las diademas solidariamente y nos quedamos afuera frente a la que un año después sería la puerta que el ejército derribaría de un bazucazo.

Yo nunca he vuelto a usar una corbata. Nunca, jamás de los jamases.

25

LENIN O EL VOLIBOL

Los miembros del póker, tres Pacos y dos Toños pasamos a militar en una organización clandestina que pensaba que era maoísta, pero era muy leninista. Empezamos en un círculo de estudios del *¿Qué hacer?* previo a nuestro ingreso formal. Nos reuníamos los cinco en las tardes en una casa en la colonia Irrigación. La distracción suprema era que unas gringas de vacaciones tendían una red a mitad de la calle y jugaban volibol chocando la pelota con frecuencia contra nuestra ventana. La tentación era mucha y Lenin perdió. Cuando a las gringas (que eran alemanas según Paco) se les acabaron las vacaciones volvimos al círculo, pero esta vez dejamos el rollo original y nos pusimos a estudiar *La región más transparente* de Carlos Fuentes. Era la mejor forma de entender cómo las hijas de los generales obregonistas se habían casado con los hijos de los tenderos porfirianos para dar nacimiento al PRI: la pura historia de México.

26

TODA HISTORIA ES PERSONAL
(1967)

Tengo con *La Internacional*, el supremo canto proletario, una fuerte relación afectiva. Suele ser una de las canciones que mi familia canta en la cena de fin de año, pero no logramos que el coro funcione del todo bien. Mi padre la cantaba con la letra de los socialistas españoles de los años treinta como lo hacía a los diez años, cuando estuvo exiliado en Bélgica; es la misma letra que sabe mi esposa, Paloma, que la aprendió oyendo a su padre y sus amigos en el exilio mexicano. Mamá se sabe la versión anarquista de la CNT, que cantaban sus tíos del sindicato de albañiles y sus tías del sindicato gijonés de la aguja. Benito, mi hermano, y yo sabemos la traducción mexicana que cantábamos a fines de los sesenta, y mi hermano Carlos y mi hija se la saben a medias. El resultado es una mezcla de todo eso. En la cena suele haber algún amigo italiano y a veces alguien que la aprendió en Argentina.

De tal manera que el coro, además de que somos por naturaleza desafinados, suena rarísimo. Unos dirán «parias» de la tierra, y otros «pobres». ¿Pero no es esa la clave del asunto? ¿Un coro discordante de voces de acentos diferentes e idiomas variados?

He pensado en dejar escrito en un papelito que eso es lo que quiero que suene en mi funeral, una versión que creo haber escuchado, quizá la memoria me engañe, de Edith Piaf con la orquesta y los coros del Ejército Rojo soviético. Luego he renunciado a la propuesta, no quiero dejar a mis atribulados herederos la imposible tarea de encontrar ese disco. No importa demasiado, irá sonando en mi cabeza cuando me vaya.

27

VIDA (1968)

Ellos no sabían que lo que estaba por suceder iba a modificar absolutamente sus vidas. Muchos entramos a la universidad y el año 68 se deslizó desde el inicio de clases amable, sorprendente y agitado hasta llegar julio. Luego todo cambió, para siempre. Ellos no percibían las señales en el aire, aunque sin ningún rigor climático las pronosticaban tras el movimiento parisino en mayo, las movilizaciones estudiantiles norteamericanas y el socialismo rebelde de Praga. Esto era la práctica que confirmaba la teoría, pero la realidad nacional estaba más en el territorio de las telenovelas que en el sueño libertario. Ellos no pulsaban la tensión porque ya habían aprendido que las ilusiones rojas de los pequeños grupos de izquierda que había en cada escuela, y había en todas (Chapingo, CPS de la UNAM, Economía del IPN, la Voca 7, la Normal Superior, Prepa 2, Biológicas del Poli, Ciencias de la UNAM, Prepa 8), tenían serios problemas para entender al país, al menos desde el *Ensayo sobre un proletariado sin cabeza* de Pepe Revueltas. Ellos eran generosos, entregados, creyentes, pero un poco pendejos.

28

EL CÍRCULO DE POESÍA DEL PASTITO
(1968, INICIO)

En 1968, meses antes de que estallara el movimiento estudiantil, una microfracción del salón de primer año de
Sociología en Ciencias Políticas de la UNAM se declaró en
una extraña rebeldía. El profesor de Estadística se había
echado un discurso de apertura de curso descaradamen-
te reaccionario, echando pestes contra la sociología militante y defendiendo la «impoluta ciencia estadística». En
respuesta, nueve de nosotros, encabezados por el poeta
zapoteca René Cabrera Palomec, decidimos no tomar la
clase, ya sacaríamos el examen en extraordinario, y para
aprovechar las cuatro horas semanales, en tandas de a
dos organizaríamos un club de lectura de poesía en voz
alta. Lo hicimos en el pastito trasero de la facultad, de
manera que los que tomaban Estadística nos podían ver
por los ventanales y nosotros observar a los 114 traidores
(futuros analfabetas funcionales, los calificábamos) que
se habían quedado dentro. El taller fijó sus reglas: cada

cual podía proponer a un poeta a su gusto, leer varios poemas y explicar los porqués de sus amores. Cabrera empezó con César Vallejo, siguió Gloria con Neruda y luego yo con Félix Grande y *Blanco spirituals*, que acababa de ganar el Premio Casa de las Américas. Para la segunda sesión, Héctor el Chilito leía a Efraín Huerta; Vicente Anaya con estilo norteño gozaba el *Canto ceremonial contra un oso hormiguero* del peruano Cisneros, cuyo último poema era «Crónica de Chapi», que describía la masacre de un grupo guerrillero en la selva peruana evadiéndose de la falsa retórica heroica.

Para entonces los lectores habíamos crecido a 11, y las miradas de reojo del desconcertado odio del profe de Estadística aumentaban.

En la segunda semana, los del círculo de poesía estábamos leyendo a Benedetti y éramos 17. Cuando por la tercera semana empezábamos con los poemas de Bertolt Brecht íbamos en buen camino para superar numéricamente a los del interior del salón, que lucían una cara de profundo aburrimiento.

Nuestra selección era arbitraria, ni ritual ni ortodoxa ni seria; arbitraria y mañosa. Abundaba la poesía militante, pero había lugar, si el lector en turno lo proponía, para incluir el monólogo de Segismundo al final del segundo acto de *La vida es sueño*; y el lector —que creo que era Alejandro Zendejas, que venía de la Facultad de Ciencias a sumarse a nuestra rebeldía— aportaba tres razones: la maravillosa sonoridad del texto, el hecho de que se trata del canto a la libertad de un preso y el amor de Karl Marx por los versos calderonianos a los que frecuentemente estaba citando. Se sumó Adriana Corona, que se fugaba de Prepa 6, y Elisa Ramírez, que estudiaba años adelante de nosotros.

Alguien llegó algún día con una antología publicada en gran formato por la UNAM que habían hecho Efraín Huerta y Thelma Nava sobre la resistencia poética antifranquista española: escuchamos sorprendidos los versos de Blas de Otero, Gabriel Celaya («fieramente existiendo, ciegamente afirmando, como un pulso que golpea las tinieblas»), Ángela Figuera Aymerich, Ángel González, Jesús López Pacheco (por cierto, traductor al español de los poemas de Brecht). Fue tan popular que muchos salones de clase, durante la huelga, fueron bautizados con frases de aquellos poemas pintadas en sus puertas. De Ángel el *Otro tiempo vendrá distinto a este*, mi falso tío Ángel González, que si bien no era tío mío era hermano de mi padre.

Fueron también los poemas que uno lee, para «no cansarse de sí mismo», como diría Pessoa, para reconectarse al flujo de la vida. Confirmando que si algún sentido tiene vivir en este mundo, es para cambiarlo, y soy consciente de que estoy leyendo al suicida Pessoa en el espejo de Alicia.

La generación del 68 se reconocerá en estas páginas, ahí están los epigramas de Cardenal con los que tanto intentamos ligar y tan poco pudimos; la paradoja es que esos maravillosos poemas de amor dedicados a «Claudia» venían de un pastor protestante y sandinista.

Y el círculo de poesía seguía produciendo fascinantes descubrimientos a tiro por viaje. Allí se contaba que Giuseppe Ungaretti (1888-1970) escribió un poema y descontento le fue quitando líneas. Primero trece, luego cinco; al final quedó una tan solo, «Me ilumino de inmenso». La historia debe ser falsa, pero no menos maravillosa. Durante años he recomendado a los jóvenes recitarlo como un mantra en tiempos oscuros y luminosos. Ungaretti, al que siempre pensé como un poeta del siglo XIX, murió bien avanzado el siglo XX. La versión que recuerdo sin duda es imprecisa y es más certera la de la traducción de Marco Antonio Campos («Me ilumino de inmensidad»), que se corresponde con el título del poema. Aun así la prefiero.

Por méritos no discutibles nos acompañó el poema del comunista y miembro de la resistencia francesa Paul Éluard («escribo tu nombre en las paredes de mi ciudad»). Era fascinante la subhistoria, los jóvenes de la resistencia la pintaban sin que los alemanes se dieran por aludidos porque sonaba a un mensaje de amor. Cuando toda París estaba cubierta de la frase, los adolescentes, jugándose la vida añadieron la palabra clave «Libertad, escribo tu nombre en las paredes de mi ciudad».

Llegó con furia y presencia el verbo del gran fumador y estratega de la terquedad revolucionaria Ho Chi Minh, escribiendo sus poemas desde una prisión en China; el poema de Efraín Huerta, escrito en medio de la Guerra Fría y de la gran campaña por la paz que simbolizaba la paloma de Picasso.

Y Brecht, eternamente Brecht con esa lucidez que deslumbra. De él es el poema que más profundamente me ha transformado, cambiando actos y costumbres, rutinas y comportamiento; se llama *El cambio de rueda* y me enseñó que no existen tiempos muertos, a excepción de los que uno mata. Y desde luego Antonio Machado, que es la puesta en escena del sentido común, un sentido común no siempre muy común, a veces arbitrario, pero eternamente certero, que diría cosas tan maravillosas como «Se miente más de la cuenta / por falta de fantasía: / también la verdad se inventa».

El inicio del movimiento del 68 truncó ese experimento y abrió la puerta a otras formas de libertad.

En los siguientes años, cuando andábamos por las catacumbas del DF enfrentando la marea represiva del diazordacismo, organizando un sindicato independiente aquí y allá, alfabetizando en un barrio o dando forma a lo que sería más tarde el movimiento urbano, la poesía se volvió una de nuestras más fieles amigas. Nos fascinaba Nâzim Hikmet, poeta turco, porque combatía nuestros peores defectos: la simplificación, el tremendismo del marxismo neandertal. Ofrecía mensajes diferentes: decía «enviadme libros con finales felices, / que el avión pueda aterrizar sin novedad, / el médico salga sonriente del quirófano, / se abran los ojos del niño ciego, / se salve el muchacho al que mandan fusilar, / vuelvan las criaturas a encontrarse unas con las otras, / y se den fiestas, se celebren bodas». Algunas de sus frases nos hacían sonreír, eran una especie de mensajes en el recetario de cocina de aquella revolución que se demostró (por entonces) imposible: «¿Qué hora es? Las ocho. Y eso significa que tú, hasta esta noche, estás seguro, porque, según costumbre, la policía mientras es de día no da comienzo a los allanamientos».

Hay dos poetas que me han hecho llorar en público, abiertamente, soltando los mocos, sin tratar de disimular las emociones: uno, el cubano Roberto Fernández Retamar cuando leyó en la casa de la cultura de Trinidad el poema que le dedica a su padre, y el «Vamos patria a caminar» de Otto René Castillo, recitado en el salón de la facultad días antes del inicio del movimiento.

La mejor poesía invita a los excesos, trabaja como martillo sobre la educación sentimental, abusa de nosotros.

29

EL AÑO MÁGICO

Si te llamas Cristina y eres chihuahuense de familia patriarcal (y tú no puedes ir a la manifestación y tus hermanos sí, mijita), marchas con tus compañeros de Ciencias Políticas el 26 de julio celebrando el aniversario de la Revolución cubana. Si te llamas Paco y andas con dos exiliados que dicen ser costarricenses, y luego averiguarás que son nicas, ¿cómo quedarse atrapado entre Tacuba y Palma cuando los granaderos los encajonaron y comenzaron a apalearlos sin misericordia? ¿Y cómo perdiste un zapato? Si te llamas Gloria y asistes al despliegue impresionante de las batas blancas en la explanada de la Universidad que han votado la huelga y salen a celebrarlo, te dirás: Ahora va en serio.

Si te llamas Elmer y eres chofer de un Juárez-Loreto, te llevas el autobús antes de hacer la ruta a la prepa más cercana para que los muchachos te pinten los laterales. Si te llamas Jaime Goded y cuando Díaz Ordaz tras haber ordenado disparar contra los estudiantes ofrece su mano tendida, tú respondes en un cartel que se multiplicaría por miles: «A la mano tendida, la prueba de la parafina».

Si te llamas Maricarmen y usas la física que estudias para treparte a los postes de la luz para echarte mítines callejeros que tienen que durar no más de cinco minutos antes de que lleguen los granaderos. Si te llamas Filemón y tu apodo es Tan Tan, el Humilde Guerrillero, descubrirás cuando las brigadas de la escuela de Economía lleguen a Topilejo, que saber de números es útil para calcular las indemnizaciones que una línea camionera les debe a los accidentados que han dejado al pequeño pueblo al lado de la carretera de Cuernavaca al borde del motín.

Si te llamas Elisa y estudias en Biológicas del Poli, cuando te ves al amanecer al espejo no puedes ignorar las tremendas ojeras por haberte pasado la noche pintando bardas. Si te llamas Paco y eres hijo de un anarquista aragonés, que hizo la guerra de España y sales de noche aún de tu casa para no despertarlo, ya en la puerta te das cuenta de que no tienes ni para los cigarrillos y te irás sin fumar a hacer mítines en la entrada de la refinería de Azcapotzalco.

Si te llamas Jesús Vargas y estudias en Biológicas del Poli y ya se fue a la chingada el básquetbol porque llega la lucha de clases, dirás: Ni modo.

Si te llamas Marisa y estudias Enfermería en la UNAM, te quedarás pensando al votar por la huelga general, si vas a tener que de verdad saber de curaciones o sólo de manifestaciones, porque intuyes que la cosa se va a poner de la chingada.

Si te apellidas Crespo, calcularás las salidas de las brigadas que parten cantando en camiones de Chapingo rumbo a las industrias del sur de la capital, para poder estar de regreso a cenar (única comida del día) en los comedores de la escuela administrados y organizados y guisados y servidos, porque todo el mundo sabe que en mitad del 68, si eres estudiante, ahí se come mejor.

Si te llamas Arturo y eres estudiante de Comercio tus padres recibirán un acta de defunción que informa que moriste por un envenenamiento producto de haber comido una torta con queso en mal estado, aunque todos saben que la causa de la defunción es el toletazo que te dio un granadero en la nuca. Ni tú ni ellos sabrán que fuiste el primer muerto del movimiento.

30

ARLETTE Y EL MANGO
(1968)

Nos habíamos citado en el borde del Parque Hundido
para coordinar las brigadas de la UNAM con la Ciudad
Universitaria tomada por el ejército, pero el parque bullía
de granaderos, al menos un par de centenares ocupando
las esquinas y recorriendo Insurgentes, traté de pasar entre ellos dispuesto a quitarme la cara de estudiante y fui
fraguando una pendeja disculpa de que yo trabajaba en
Parques y Jardines. Iban guaseando, prepotentes, haciendo a un lado a la sirvienta que venía con las compras.
Entonces vi a lo lejos a Arlette, camarada tabasqueña que
trabajaba, creo recordar en un hospital, compañera sentimental de Paco Abardía: venía por la acera de enfrente
de Insurgentes. Vestía un trajecito blanco con minifalda
y estaba comiendo un mango ensartado en un palo. Avanzaba sin duda hacia un grupo de granaderos, unos cinco,
enfrente de la cafetería La Veiga. Órale. ¿Iba a pasar
por en medio de ellos? La policía era dueña de la ciudad,

el día anterior habían disparado desde una patrulla a compañeros que estaban volanteando frente a una panadería. Arlette era todo un carácter y si dudó, a los 25 metros que yo estaba no pude percibirlo. Cuando cruzaba garbosa ante ellos uno de los granaderos la nalgueó y ella sin dudarlo le estampó el mango en el hocico. Cerré los ojos un instante, cuando los abrí se me acercaba sonriente.

—Qué buen putazo le puse —dijo, y yo solté el aire retenido por una eternidad.

31

EL RUSO

Era de noche. Estábamos montando el campamento en el Zócalo para quedar ahí hasta que el gobierno diera una respuesta a las demandas, cuando la Puerta Mariana del Palacio se abrió y comenzaron a salir unas tanquetas; no recuerdo que sus motores hicieran mucho ruido, ni siquiera recuerdo los gritos de los 2 mil o 3 mil estudiantes que estábamos en la plaza. Toda la escena parece registrada en la memoria en silencio, cual película muda. ¿Eran muchas tanquetas? Seis o siete o diez. También entraron por la calle Moneda y se fueron directo al centro del Zócalo. ¿Venían tras ellas soldados de infantería? Si es así, no lo recuerdo. ¿Por qué las llamo tanquetas y no tanques?

Me dijeron que se gritaba «¡México, libertad!» mientras nos íbamos replegando. Una de ellas se detuvo ante nosotros, a 4 o 5 metros. El soldado que iba en la ametralladora frontal, casi a la altura del chofer de un automóvil nos apuntaba. Parecía muy asustado bajo su casco verde. David Cortés, alias el Ruso, rompió la pata metálica de una silla de paleta con la que estábamos armando el campamento y se fue sobre la tanqueta gritando, le dio dos o tres palazos al casco de soldado antes de que pudiéramos arrastrarlo, arrancándole la mitad de la camisa. No paramos de correr hasta el Palacio de Bellas Artes siempre pensando por qué no había disparado.

Al día siguiente, en el jardín de la facultad contábamos por milésima vez la historia cuando apareció David, grandote, con rostro lampiño de inocente, y escuchó sorprendido su historia. Finalmente dijo:

—No mames, ¿yo hice eso? No jueguen.

Se le había borrado, y por más que le contamos con detalle lo que había sucedido, los tubazos, la cara del soldado, su camisa rota, no recordaba nada.

Son chingaderas. Para un pinche día de gloria que tienes en la vida...

32

CULPA

Logré salir huyendo de Ciudad Universitaria cuando entraron los tanques gracias a que Héctor, el Chilito, estaba tomando el sol en el techo de Ciencias Políticas y los vio entrar a lo lejos. ¡Hay unos pinches tanques!, gritaba enloquecido y sin camiseta, y por más que los gritos que le devolvieron eran rudos ("Te insolaste, pendejo"), se la creímos. Corrí con Marco y Elisa Ramírez hacia la barda de Copilco, unos metros atrás iba Romeo, el dirigente más lúcido de nuestra escuela. Lo vi llegar a la barda y agarrarse, atrás de él venía una compañera que creo que se llamaba Silvia, que lo alcanzó: ¡No me da la falda! (vestía de blanco), y Romeo se bajó para ayudarla, cuando apareció un soldado y le cortó cartucho. Esa falda que no daba le costó tres años en la cárcel. Luego averiguaríamos que esa Silvia o como se llamase era agente del gobierno del DF.

Pero eso fue la toma de Ciudad Universitaria; luego pasé a la clandestinidad viviendo en la casa de unos amigos de mi padre y tratando de reconstruir el comité de brigadas universitario, moviendo dos mimeógrafos que habíamos salvado de la toma de Ciudad Universitaria tres días antes de que entrara el ejército, y usando los carros de dos hijas de funcionarios del DF, Flor y Guadalupe, que los llevaban en las cajuelas de sus coches, llegábamos a un garaje donde había compañeros y papel e imprimían los volantes siguiendo rutas mientras continuaban las detenciones.

Pero yo no estuve en Tlatelolco el día de la matanza. Mi padre, advertido por un conocido de que mi nombre y mi condición de extranjero estaban en una lista (nunca sabré si la tal lista existió), me puso en un avión para Madrid el último día de septiembre del 68. Cuando contemplé en las páginas de *Diario16* las fotos de lo que había pasado en Tlatelolco cambié mi boleto de avión y regresé a México, pero el no haber estado con mis compañeros y mis amigos en ese lugar y en ese 2 de octubre me cargó con una inmensa culpa que más de 50 años después me ha acompañado toda la vida. Tenía 19 años y eso nunca podrá ser una disculpa.

33

EL FIN DEL PRINCIPIO
(DICIEMBRE DE 1968-ENERO DE 1969)

La huelga se levantó en diciembre y ya ni llorar era bueno. Muchos fuimos abandonando la escuela, otros se quedaron para formar los sindicatos universitarios. Llegaban noticias alentadoras. Muchos compañeros se habían ido a Veracruz a organizar sindicatos de cañeros, otros estaban levantando desde la escuela de Arquitectura de la UNAM movimientos populares de autoconstrucción en colonias marginales, crecía la inquietud en las normales, se hablaba del movimiento popular en colonias de Durango, en el Topo Chico, en Monterrey. Andaba en el aire flotando la tentación de enfrentar a la dictadura del PRI con la lucha armada. Varios estaban en el exilio o en la cárcel. Todo se había perdido tras aquellos 123 días de huelga general. Nada se había perdido.

34

CHIMENEA
(FINALES DE 1968)

En diciembre de 1968, Luis Javier Solana, el más fiel amigo de la familia Taibo, le entregó a tu padre un expediente de la Secretaría de Gobernación sobre tu intervención en el movimiento estudiantil. Solana era capaz de este tipo de actos de magia, ¿quién sabe cómo se lo había robado?

El documento era divertido, mezclaba denuncias de soplones en asambleas en Ciencias Políticas con chismes de reuniones de mi padre en Televisa. Nos confundían y no sabían gran cosa. Me hizo suponer lo caótica que era la inteligencia del aparato del Estado. Había agentes de la Federal de Seguridad, del ejército, de Gobernación, de una estructura sin nombre que manejaba Corona del Rosal, regente de la ciudad. No aparecían las famosas grabaciones telefónicas, por más que en aquella época pensábamos que todos los teléfonos del mundo estaban intervenidos. Y yo con buena lógica, decía que ni madre, porque quién iba a escuchar decenas de millares de conversaciones, la mayoría de ellas bastante simplonas.

Mi padre arrojó el documento a la chimenea y lo vimos arder.

35

CON POLANSKI EN ACAPULCO
(1968, FINES DE DICIEMBRE)

Tu primer empleo real fue ser reportero de la sección de espectáculos del recién fundado *Heraldo de México*. Corría el final del año 1968 y el verdadero oficio real era estar lamiéndose las heridas del pasado movimiento, pensar en los 400 que estaban en la cárcel, ¿y uno por qué no? ¿A quién le debías la libertad? ¿A qué curioso accidente, truco de la vida? Releyendo a Retamar: «Nosotros, los sobrevivientes, ¿a quién le debemos la sobrevida?».

La sección de espectáculos era una cueva de bandidos. Raúl Velasco, héroe de la empresa deseducativa más grande de México, la manejaba como un anexo de su programa de televisión y cobraba a los actores a través de una compañía de representación que les garantizaba aparecer con frecuencia en las páginas del diario, con todo y gran foto. Mi escritorio estaba en la entrada de la redacción y solían suceder cosas interesantes. En principio, que mi mesa era donde se subían las jóvenes actrices

para las fotos y contemplé asombrado y fascinado decenas de robustas piernas, rotundas nalgas, medias color de
humo, ligueros y calzones con holanes. Eran muy guapas,
simpáticas, minifalderas y parecían felices Verónica Castro, Leticia Robles, Lucía Méndez; excepto Anel, que
llegaba con moretones por las golpizas que le daba José
José, y aunque no me gustaba (yo en aquella época tenía intenciones de juntarme con *La madre* de Gorki) le
tenía un inmenso cariño por ser la joven y tonta que se
había reunido con un idiota.

Además, por ahí paseaba en camisa con corbata y tirantes, fumando la pipa, el novelista Luis Spota, que creo
que dirigía uno de los suplementos, y un día me animé a
preguntarle:

—Usted, que ha escrito sobre el México moderno,
¿por qué no ha escrito una novela sobre el alemanismo?

—Porque ese sí mata —respondió lacónico y se fue
dejando una estela de humo tras de sí.

Total, que fui a dar a la Reseña cinematográfica de
Acapulco y entre chismes, reseñas de estrenos, conferencias de prensa, me encargaron la tarea imposible: Vas y
entrevistas a Polanski. Pero Roman Polanski no daba entrevistas. Pasaba fugaz por el lobby del hotel como un
gnomo efímero y se trepaba en un elevador hacia las imposibles alturas de las suites. Vestía un traje blanco de
tres piezas, botas de tacón cubano, el pelo corto despei-
nado y unos lentes oscuros de tamaño doble al de sus
ocultos ojos.

Aprovechando un descuido, me colé con Polanski en el ascensor del hotel. Él marcó el último piso y yo hice la primera pregunta, creo que sobre *El bebé de Rosemary*, que se estaba estrenando. Me ignoró. Entonces marqué los botones de los pisos 2 al 13 y continué, grabadora inútil en mano. Tomé nota mentalmente de su ausencia de gestos, su mirada perdida tras los lentes oscuros y me lancé con la segunda, creo que sobre su amor por los conejos. El elevador se detenía, abrir puerta, espacio de silencio, puerta cerrada. Pensé que me iba a matar o a bajarse en cualquier otro piso, o decirme algún insulto en polaco. Nada, silencio. Pregunté sobre *Cuchillo bajo el agua*. Nada. Al llegar al 14 no había obtenido un gesto, una frase, un bufido. Se bajó y entonces me dirigió una leve y respetuosa inclinación de cabeza.

Fui directo a la sala de prensa y escribí lo que había vivido, incluí las preguntas, la descripción de Polanski y del elevador. Lo titulé «El silencio de Polanski».

Cuando le entregué la entrevista a Vázquez Villalobos, el patán que codirigía la sección, me preguntó y afirmó muy serio con el cigarrillo en las comisuras de los labios.

—¿Y esto qué es? Aquí hacemos periodismo.

Creo que no se publicó. No me atrevo a buscar en la hemeroteca y descubrir que mi mejor trabajo periodístico se quedó en la papelera.

No duré demasiado en el empleo. Un día el dueño del periódico me llamó a su oficina, de la que lo único

que recuerdo es que tenía sobre su mesa muchos cenice-
ros de plata grabados con su nombre y homenajes a su
propia sapiencia. Tenía poco pelo, rizado y la nariz ganchuda que miraba hacia las alturas y usaba trajes de tres
piezas, que él pensaba eran muy elegantes. Creo que me
preguntó:

—¿Usted para quién cree que trabaja?

No me dio tiempo a contestarle antes de despedirme
definitivamente y sin indemnización. Preguntando por
ahí para averiguar qué había pasado, descubrí que mis
tres últimas críticas habían comentado desfavorablemen-
te películas que se exhibían en salas de su propiedad. Yo
no me había enterado.

36

ALEJANDRO Y LAS AZOTEAS
(1969)

Vemos la ciudad desde arriba tratando de precisar que no se trata de un único sujeto, que se trata de varias urbes imbricadas, entrelazadas. El mundo visto desde las alturas muestra el universo de las azoteas de una colonia de clase media, es insonoro; a nivel de calle el estruendo de las tiendas de discos, los ladridos de los perros y el tráfico hacen otra ciudad. La de arriba, la de las azoteas repletas de tanques de gas y cuartos llamados «de servicio» donde viven en tres metros cuadrados arracimadas las sirvientas con sus hijos, es otra.

Alejandro Zendejas, estudiante de Ciencias, teórico y observador de lo que nadie observa y probablemente entonces nuestro mejor poeta, contempla los interminables tendederos de ropa secándose y moviéndose al viento. Escribe sobre ese vuelo espectacular múltiple de sábanas, camisetas, calzones, millones de calcetines, camisas blancas y azules.

Por cierto que Alejandro escribirá la mejor loa a sus espermatozoides muertos cuando se masturbaba.

37

ELLOS (1970)

Ellos ahora se sabían mortales, cien muertos, centenares de heridos, miles de golpeados y torturados, 400 presos, el balance letal del 68 no permitía coqueteos con la lírica; habían perdido su condición jolgoriosa, pero la sensación de eternidad, de iluminación, perduraba en la memoria; porque grabadas a fuego habían quedado los millares de antorchas iluminando el Zócalo y a cada uno de los que estábamos aquí y allá.

Ellos creían que ahora iba de a de veras y lo expresaban de diferentes maneras, todas ellas amarradas con hilito a la realidad.

Ellos se mimetizaban con los paisajes urbanos, ya no querían parecer estudiantes, adoptaron la cachucha beisbolera proletaria, la camiseta blanca, y siguieron fieles a los pantalones de mezclilla, pero ya sin patas de elefante y sin marca visible, ellas dejaron las falditas para tiempos mejores, y abandonaron el morral y las camisas bordadas oaxaqueñas.

Ellos siguieron leyendo más novelas que ensayos, más ciencia ficción y novela policiaca que manuales de economía soviéticos, más libros de historia que «clásicos» de la teoría política, más Víctor Serge que Lenin, más Deutscher que Trotski, más Malraux que Bujarin, más los poemas de Ho Chi Minh que los textos de Mao. Más que nada, para ilustrar la educación sentimental.

La ciudad se abrió como una flor gigantesca, las fronteras desaparecieron; ellos llegaron a la colonia Granjas México, cubierta por pequeñas fábricas de muebles, arribaron a los llanos polvosos y repletos de desechos químicos de Ecatepec en el norte profundo, mucho más allá de las imágenes de los Indios Verdes, pasaron la estatua del Caminero para arribar al valle industrial que rodeaba Cuernavaca, subieron a la izquierda de la Villa para descubrir la empresa de partes automotrices Spicer, conocieron la Ford y Mexicana de Envases en Azcapotzalco, llegaron a la Kraft y sumidos en la anónima plebe le ganaron una partida de dominó en el campamento de la huelga al líder charro, pasaron por Tlalnepantla, encontraron los talleres mecánicos de la Doctores y las fábricas de elevadores en Naucalpan. Se acercaron al mundo de las fábricas de vestidos, donde se vivía en el feudalismo del destajo y el salario desigual de hombres y mujeres. Se hallaron ante una clase obrera más parecida a los murales de Rivera que a la que narraba Federico Engels siglo y medio antes.

Consiguieron empleos absurdos: encuestadores callejeros, becarios de tesis que nunca se escribirían, guionistas malpagados de radionovelas y programas de televisión científica, escritores de fotonovelas, empleados de medio tiempo en una joyería bisutera, mensajeros en motocicleta, asistentes de abogados laboralistas, hijos de familia. Se trataba de ganar para vivir y no de vivir para ganar; el menor tiempo posible dedicado a la acumulación primitiva para dedicar las horas a los barrios y al mítico proletariado, que dejaba de serlo cuando se concretaba en personajes tan reales que ni la soñada realidad real hubiera podido imaginar: Carlos Vargas el tapicero, mi compadre, Agustín Porfirio, el Luna, los Piplásticos, la Changa, doña Eustolia, la Lulú.

Ellos hablaban de 20 años de lucha gris y cotidiana y 20 años en el imaginario era tanto como hablar de la eternidad. La verdad es que, sabiéndolo y sin saberlo, estaban pisando realidad mientras empezaban a apreciar los tacos de bistec casi sin bistec, y las gorditas de chicharrón con una salsa picante que hacía arder las encías y el culo.

38

SED DE MAL (1971)

Nos tropezamos con Bob Wade y Bill Miller cuando nave-
gábamos en las novelas policiacas y de ahí llegamos a *Sed
de mal*, una película deslumbrante donde los mexicanos
eran los buenos y que arrancaba con la mejor secuencia
cinematográfica del planeta y descubrieron la actuación
de Orson Welles como el sheriff Quinlan: mentiroso, ma-
nipulador, errático, adiposo, moviéndose constantemen-
te por la historia apoyado en un bastón como un barco a
medio hundirse y produciendo diálogos como el siguiente (que no dejó de inquietarnos porque podía tener algo
de premonitorio):

—Vamos, léeme el futuro.

—No tienes ninguno —le contestará la gitana Tanya.

—¿Qué quieres decir?

—Ya lo usaste todo.

Y nos gustó, pero desde luego la frase, por potente
que fuera, era falsa. Ellos seguían pensando que el futuro

era indesgastable, no se vendía en abonos, lo garantizaba la costumbre, el futuro era inevitable.

En esa época ellos creían en la impaciente paciencia y en que la historia, lineal como ella era, avanzaba en trazo recto y ascendente hacia la revolución social, que no acababan ni mínimamente de imaginarse con precisión y que, desde luego, era el futuro, dijeran lo que dijeran las pinches gitanas de Hollywood.

39

ESCONDITE (1969)

En algún momento que no puedes precisar, tras el movimiento estuviste un par de semanas escondido. Y por no recordar, tampoco sé cómo fuiste a dar a San Juan del Río, población queretana que por entonces debía de tener no más de 60 mil habitantes.

Nunca más preciso eso de «no tener nada que hacer», y la verdad, los fantasmas que te recorrían la cabeza no ayudaban. O sea, que te la pasabas leyendo (te habías llevado, sin tiempo a escogerlos, una mochila llena de libros) en un hotelucho que ni a media estrella llegaba cerca de la estación del ferrocarril, escuchando el arribo monótono de los trenes; solías salir a pasear por las noches sin ánimo de pensar nada, sin voluntad de encontrar nada, cuando de repente a lo lejos se te apareció Lenin. Vestía el mismo saco que venía usando desde el exilio en Zúrich y que se había llevado a través de Alemania hasta la estación de Finlandia en 1917. Lo reconociste por las fotos, la barbita insolente, la amplia calva y la descripción del saco que hizo el anarquista español Ángel Pestaña cuando se entrevistó con él en Moscú en el 21.

Vladimir Ilich Uliánov no te dirigió una mirada, seco él, como de costumbre; se fue fumando en pipa al dar vuelta a la esquina. ¿No que Lenin no fumaba? ¿Qué estaba haciendo en San Juan del Río? No se lo preguntaste. Él tampoco te preguntó a ti.

40

EL IMPERIO QUE ME GUSTA
(1964-1969)

A los 15 años, junto con mi amigo Antonio Garst, hicimos una expedición nocturna para meter en los jardines de la embajada norteamericana una bandera cubana; el asunto, a pesar de nuestro pánico, salió bien. Fue el primer acto político de mi vida.

Meses más tarde participé en una manifestación contra los bombardeos norteamericanos a Vietnam y los granaderos mexicanos me rompieron una ceja enfrente del cine Roxy, en San Cosme. Fue mi primera herida, tres centímetros en arco encima del ojo izquierdo; o nomás fue un tubazo sin mayor consecuencia y la memoria me engaña.

Cuando tenía 11 años, mi tío abuelo dejó tres libros sobre el buró cercano a mi cama. Para entonces había leído las obras completas de Salgari, Julio Verne, Karl May, Dumas, Zévaco y todo Conan Doyle. Tío pensaba que había llegado el momento de la transición. Los libros, depositados silenciosamente, sin esperar comentarios ni imponiendo, eran tres novelas, accidentalmente, curiosamente, de autores norteamericanos: *El viejo y el mar*, de Hemingway; *Crónicas marcianas*, de Ray Bradbury, y *Espartaco*, de Howard Fast. Las leí obsesivamente, incluso creo que me enfermé para seguir leyendo y que la escuela no estorbase el progreso de mi educación. Significaron el final de la adolescencia y el tránsito al mundo de la lectura adulta.

La primera vez que bailé (y decir «bailar» es una agresión a toda ética y bastantes estéticas) fue en una fiesta al fin de la primaria, lo hice (mal) al ritmo de Elvis Presley.

En 1969, por iniciativa de René Cabrera, publiqué en los *Cuadernos de la* ENAH mi primer trabajo, era una antología de poesía negra norteamericana.

O sea que en materia de asuntos iniciáticos los gringos estaban ocupando, para bien y para mal, un enorme espacio en mi vida.

¿Cómo resolvía entonces la supuesta contradicción entre el imperio, la gran fuerza suprema del mal presente en nuestras vidas a la distancia, y sus doradas manzanas?

Una parte de la izquierda neandertal, que se habían pasado de rosca a fuerza de leer los libros de cocina de la mamá de Stalin, trató de resolver la contradicción ignorándola y decretando el boicot a todo lo gringo, diciendo que el rock era el nuevo opio del pueblo, los Levis moda decadente burguesa, los hot dog un insulto a los tacos, y la cocacola sangre de vietnamita.

Con mi generación se la pelaron. Éramos antiimperialistas, pero no pendejos.

Y nosotros, entonces, ¿qué hicimos? Por un lado, nacionalizamos todo lo que pudimos: la guitarra de Carlos Santana porque era de Autlán, Jalisco; John Dos Passos era un portugués (eso es Iberia, ¿no?) pasado por Ellis Island; Anthony Quinn había nacido en Chihuahua, y si me apuran un poco, Tony Hillerman era de Nuevo México, que todo el mundo sabe que era territorio mexicano antes de la guerra del 47.

Por otro lado, escindimos ideológicamente: Hemingway también había estado en las listas negras del FBI y a Howard Fast lo habían perseguido y casi lo matan de hambre cuando lo pusieron en las listas negras, lo metieron al bote y sacaron sus libros de las bibliotecas; Dylan estaba en contra de la guerra de Vietnam y Robert Redford hacía de inocente analista de la CIA perseguido por una CIA hiperculera. Jane Fonda era de izquierda y John Steinbeck había escrito las mejores páginas desde la izquierda en *Al este del Paraíso*, el libro de los libros antes de que apareciera *Conversación en La Catedral* (o antes de que Vargas Llosa se volviera pendejo y de derecha).

Y por último, básicamente decretamos que la contradicción no existía. Que no podíamos coexistir amablemente con el imperio, pero que podíamos tener amigos norteamericanos como el dinosaurio Barney, Scott Fitzgerald, los cómics de Miller, Jane Fonda, ET y Oliver Stone.

Al paso de los años incluso llegué a perfilar la teoría de que contra las fuerzas más ingratas de nuestro planeta podíamos gestar una alianza de la izquierda del Tercer Mundo con Hollywood. Contra el fundamentalismo del FIS argelino (asesino de campesinos e intelectuales, arrojador de ácido a las mujeres que se ponían minifalda), el guante de Rita Hayworth en *Gilda*. Contra el cura de Pachuca exorcizador de pokemones: Jane Fonda en *Barbarella*; contra el Caballero Berlusconi, ofrecer una copia gratis a todos los adultos italianos en edad de votar del *Espartaco* de Kubrick.

41

ELLOS (1969-1971)

Ellos no eran adictos a la depresión, ¿cómo se comía ese intangible fierro que atenaza el alma de los que no tienen alma? Pero como buenos maoístas de café de chinos, sí eran partidarios de vivir la culpa. Ni modo, aunque Oscar Wilde les decía: «Sufrir la propia culpa es la pesadilla de la vida».

Cuando le parten la madre al nosotros, siempre queda sentado en el suelo de un cuarto vacío el yo. Ellos pensaban en el centenar de muertos, en los 2 mil presos que fueron disminuyendo hasta quedar en 400, en las escuelas recuperadas por porros y maestros culeramente conservadores. Ellos todavía no sabían que las derrotas, como las victorias, se cocinan en fuego lento y que el país había cambiado. Pero al perder la escuela, el territorio, perdieron tierra bajo los pies. ¿Cómo volver a las aulas desprovistas de magia? Cómo volver a pasear por las islas del campus universitario, esa pradera maravillosa ahora repleta de tarados que se lamían las heridas fumando mota donde reptó algún día Robin Hood con millares de flechas, bailó Niyinski el *Bolero* de Ravel y paseó Ricardo Flores Magón tomadito de la mano de su carnal Enrique.

Ellos descubrieron que ahora tocaba no llorar demasiado, reparar los amores destruidos por la incertidumbre de futuro, volver a comer y dormir mucho y sin sobresaltos (las pesadillas eran una forma acabada de ficción literaria), conseguir una mísera chamba y esperar el regreso de la lucha de clases, que seguro estaba medio desvanecida, inencontrable. Más metafísica que nunca, más oculta que el tesoro de la mentada isla o las minas del rey Salomón. Una lucha de clases que parecía estar más ausente que Claudia Cardinale.

Y fueron a rebotar al trópico tropical con calores y colores verídicos con los cañeros de Morelos, a las casas de seguridad de guerrillas sin futuro, entraron en los barrios que habían intuido y vislumbrado durante el movimiento, se fueron a las metalúrgicas de Chihuahua y Durango, organizando sindicatos universitarios al grito de «Peor es nada», llegaron al mundo de las maquilas de mujeres en Irapuato, se fueron a la construcción de barrios en piedra volcánica en Santo Domingo, entraron en los misterios de Iztapalapa y en las casas redondas abandonadas del ferrocarril en el norte, donde se encontraron a un renacido ave fénix llamado Demetrio Vallejo y a los electricistas de Rafael Galván.

Ya no Sherlocks dominando el panorama de una ciudad recientemente adquirida y recurrentemente obsesiva,

más bien pinches Watson con una humildad flamante-
mente aprendida, o casi.

Y eso, que contado ahora suena mucho más bonito,
vendría a decir que la realidad cotidiana les abrió el camino de regreso. Otro pinche lugar común y ellos podrían vomitar. Regreso de una generación a un país. Y
órale, bola de putos, se levanta en el mástil mi bandera
(roja, claro), sin céfiros (¿quiénes serían esos tales céfiros?, seguro estaban en los bestiarios de Borges) ni trinos.
Y los jefes ideológicos no eran Jesús de Nazaret ni Federico Engels ni Fidel, sino los tres mosqueteros (que eran
cuatro) y Gardel, porque 20 años no es nada y febril la
mirada…

¿Fue así? O fue más lento y más tortuoso. Y ellos, dando palos de ciego, intentaron El Regreso.

42

10 DE JUNIO (1971)

Informe futuro

Era un jueves, un día gris, amenazaba lluvia. Yo tenía 22 años y estaba muerto de miedo, pero había decidido salir a la calle. A esa edad, yo era uno más de los millares de jóvenes mexicanos que habían aprendido a vivir con miedo. Miedo, ¿saben? Ese sudor inexplicable en las manos, esas visiones culpables de amigos en la cárcel, esa pesadilla recurrente en la que unos soldados te metían la cabeza en un balde de agua sucia. Miedo a un aparato estatal que reprimía, detenía, torturaba, desaparecía, asesinaba. Yo era uno más.

También había aprendido que la función fundamental de los ogros, los que cuentan en el cuento de monstruos, los torturadores, era meterte miedo, y había aprendido a vivir con él e impedir que me paralizara totalmente.

Las cansadas y madreadas huestes estudiantiles, tras dos años de feroz represión, desgaste, cansancio, cubiertas de afrentas, recién recuperados sus presos políticos, habían decidido volver a la calle.

En las conversaciones de los días previos al 10 de junio todos parecíamos estar de acuerdo: ir a la manifestación significaba jugársela. Como ir a los Sanfermines a buscar al toro, pero a lo pinche, con la ley de probabilidades en contra, donde esta vez seguro que te cogía el toro. Pero había que salir. Cada uno en conciencia se reunió en la noche con la almohada y tomó la decisión.

No tiene mucho sentido hacer historia para recordar que el movimiento volvía a la calle en apoyo de la lucha estudiantil de Monterrey y en medio de un debate sobre lo que significaba la cacareada «apertura democrática» que había decretado el presidente Luis Echeverría.

Nosotros, siempre ese nosotros de los camaradas más fieles, los mejores amigos, habíamos descubierto en esos días la magia tecnológica del Super-8, avanzando kilómetros más allá de la artesanía mimeográfica sesentayochera, y una docena de amigos, organizamos dos brigadas filmadoras para registrar la primera salida a la calle del movimiento que habían tratado de enterrar dos años y medio antes en Tlatelolco.

Al acercarse al Casco de Santo Tomás el cerco azul, el cerco gris, era imponente. El gobierno estrenaba seis nuevos tanques antimotines, unos monstruos grisáceos que ostentosamente avanzaban desde Melchor Ocampo hacia el Poli. Había bloqueos de granaderos sobre Río

Consulado y San Cosme. Cientos, miles de los más odiados y anónimos granaderos, las macanas del gobierno, los perros del sistema. Aun así, los manifestantes nos fuimos infiltrando. Tímida, persistentemente. Reconociendo aquí y allá al grupito que, simulando haberse perdido en el DF, avanzaba hacia la tierra prometida, a las chavillas que en la bolsa del mandado no podían ocultar la manta, a los descamisados preparatorianos.

Al pasar frente al cine Cosmos, Belarmino, debe haber sido él porque le encantaba ese tipo de humor negro, hizo notar que anunciaban una película llamada *24 horas de fuego*. Agárrense, culeros, creo que dijo. Yo marchaba tomado de la mano de Paloma, lo que si bien no mataba el miedo, al menos lo compartía.

La primera gran sorpresa fue descubrirnos muchos. Muchos. En los jardines de las afueras del Casco de Santo Tomás se combinaba el jolgorio con la cautela. No menos de 10 mil se habían atrevido. Si la manifestación no era reprimida y se desplegaba, ¿cuántos llegaríamos al Monumento a la Revolución? Porque, como siempre, muchos habían elegido el sumarse en el trayecto.

Creo recordar que a las cinco, minutos más o menos, los contingentes comienzan a concentrarse en la calle Carpio. Iban en la vanguardia la Prepa Pop y Medicina de la UNAM. Saludos y reconocimientos. Las figuras de varios de los presos políticos recién salidos de la cárcel, los que no nos habíamos visto desde las últimas movilizaciones del 68. De nuevo.

Finalmente la marcha comenzó a desplegarse por la Avenida de los Maestros en lugar de la paralela Río Consulado, por donde originalmente se había acordado marchar, donde estaban concentrados los granaderos. Nuevamente creo recordar que a las 5:05 (memoria pendeja, que ha fijado fielmente las horas con todo y los minutos 40 años más tarde), con una hora de retraso respecto a lo programado, salimos. Era lo habitual en puntualidad de manifestaciones. Las brigadas filmadoras dejamos pasar a los primeros grupos y nos unimos con el contingente de la Escuela Nacional de Antropología.

No sé si es la memoria o la falsa memoria que surge de las fotos la que me transmite una sensación de día de campo, de fiesta apacible. Se había logrado concentrarse, la adrenalina bajaba, ya estábamos marchando, éramos muchos.

En una de las calles laterales, tras la línea de granaderos se había formado un nuevo cordón de jóvenes con palos. El Cabezón me los señaló haciendo un gesto. Apestaba. ¿Quiénes eran? ¿Por qué los dejaban? Los filmamos. La raza tendía con un mecate un cordón de seguridad entre la manifestación y los granaderos, que estaban a unos 20 metros. Todas las calles laterales se encontraban ocupadas. Tras los granaderos se organizaban grupos de civiles. ¿Provocadores? ¿Manifestantes a los que no dejaban pasar? Estábamos encajonados en Avenida de los Maestros, con las bardas de la Escuela Normal de un lado y todas las calles laterales bloqueadas.

De repente la manifestación se detiene, una ola de tensión recorre el contingente y llega hasta nosotros. Miradas hacia el frente buscando qué pasa. Días después escucharía a Marcué contando que los granaderos bloquearon un instante la salida de San Cosme, que un oficial de la policía llamó a la dispersión (¿el coronel Manuel Guevara? ¿De dónde saco el nombre? ¿Traía un megáfono?). Marcué contaba que ese u otro jefe policiaco le dijo entonces que había una concentración de cuates armados frente al cine Cosmos.

La vanguardia gritaba: «¡México libertad! ¡México libertad!». Los granaderos se abrieron, dejando paso. La inercia de la manifestación empujaba hacia adelante. Comienza a cantarse el himno nacional. Los ecos llegan hasta donde nosotros estábamos, tres o cuatro cuadras atrás.

Fuera que tres años de represiones le habían agudizado a uno el olfato, fuera el azar, de repente se me ocurrió decirles a mis compañeros que deberíamos subir a una azotea a filmar. Nos acercamos a uno de los edificios de Avenida de los Maestros y en ese momento se escucharon los primeros disparos por el rumbo de San Cosme.

Luego habríamos de saber que desde una *pick up* se lanzó una ráfaga sobre el grupo que encabezaba el contingente.

Atrás de nosotros se escuchaban gritos de «¡Halcones!» y «¡Morelos!». En el caos, comenzamos a subir la escalera rumbo a la azotea. Una mujer abrió la puerta de su departamento y dijo que allí podían guarecerse mujeres, «sólo mujeres». Mi prima Marián y Lety aceptaron el ofrecimiento. Sergio, Santiago, Paty, Paloma y yo seguimos subiendo. Filmamos desde la azotea a los grupos que corrían por Avenida de los Maestros. Nada era muy claro, grupos que corrían, grupos con varas y varillas enfrentándose a otros que parecían de manifestantes y que usaban los palos de las mantas como defensa.

Un grupo de jóvenes con palos de kendo entra por una de las calles laterales gritando «¡Viva Che Guevara!», ahí se les ve que son chafas, nadie de esa manifestación diría «Che», todos diríamos «el Che».

Bajo la presión de los que tratan de huir, la barda de la Normal se pandea.

Se escuchaban nuevamente tiros hacia San Cosme. Decidimos cruzar por las azoteas hacia la calle paralela. Recuerdo que hacíamos equilibrio sobre un pretil que tenía 60 o 70 centímetros de ancho y que Paty dijo que ella tenía vértigo, y que a empujones la llevamos hasta el otro lado. En la nueva azotea había al menos 20 o 30 compañeros. Al asomarme con la cámara para filmar, desde un edificio cercano un joven con un fusil me disparó, sacando cachitos de piedra del reborde de la azotea. No me dio tiempo para pensar lo cerca que había estado, quizá porque no me lo acababa de creer. El grupo se cobijó tras unos lavaderos. Sonaban tiros por todos lados. Y ahora también sirenas.

De repente, un tipo con traje y corbata apareció en la entrada de las escaleras. Parecía un poli.

—Vengan, muchachos, aquí los podemos esconder, bajen conmigo.

Luego nos habríamos de enterar de que era un miembro del sindicato de pilotos, la ASPA, que condujo a una fila de atemorizados estudiantes hasta el sótano del edificio, donde estaba su local sindical. Tenían una sala de juegos con mesas de *ping-pong* y de billar. Allá se encontraban sentados en el suelo no menos de 50 compañeros. Entre ellos un adolescente muy, muy joven que estaba histérico y que decía que era de la Willie Mays (la Wilfrido Massieu) y que a su hermano lo habían matado en Tlatelolco.

Una hora sentados en el suelo escuchando disparos y sirenas sin saber lo que estaba sucediendo afuera, pensando lo peor. Por ahí andaba Gilberto Guevara, que acababa de salir de la cárcel, con un grupo de sinaloenses, que más que escolta parecían unos vatos perdidos en la inmensidad del DF, haciendo una llamada para que vinieran a buscarlo. Los miembros de la brigada filmadora tuvimos una reunión debajo de una mesa de billar y decidimos que había que salir de allí, que si el teléfono al que hablaba Guevara estaba intervenido (y en aquellos años estábamos seguros de que todos los teléfonos estaban intervenidos) aquello se iba a volver una ratonera. Les pedimos a los del sindicato que cuidaran la cámara, y Paloma y Paty se guardaron los rollos en la ropa. Contamos en voz alta hasta tres, cubiertos por el enorme portón de madera. Y nos abrieron. La calle iluminada mercurial, gris, en entreluces, charcos de agua. A unos 20 metros había una fila de granaderos con escudos, una fila pareja color azul sin rostro, pero no bloqueaban la calle; como si estuvieran allí por casualidad, como si la cosa no fuera con ellos. Avanzamos. Yo pude ver la palidez de Sergio porque no podía ver la mía. Cerca de San Cosme había una ambulancia de la Cruz Roja abandonada, con las puertas traseras abiertas y manchas de sangre en el suelo. Unos disparos se escucharon a lo lejos, un grupo de compañeros corrió hacia nosotros, dudamos, seguimos caminando. Una mujer se asomó a una ventana en una planta baja:

—Sigan caminando de frente, no volteen para allá.

Tomado de la mano de Paloma, de la misma mano que me protegería tantas veces a lo largo de los siguientes años, crucé el cerco. Casi sin atrevernos a mirar hacia los lados, desde luego, sin atrevernos a mirar hacia atrás.

Luego nos contarían que habíamos salido poco antes de que apareciera el ejército y que un batallón de paracaidistas acordonara y sellara la zona.

En las primeras horas de la noche nos fuimos reuniendo, comenzaban a llegar informaciones dispersas, las historias individuales armaban la historia general. Unos contaban que había un montón de francotiradores, que desde un edificio en la esquina de San Cosme, en Tacuba 32, estaban disparando. Otros narraban cómo sobre los estudiantes de Medicina que iban al frente, al pasar frente a las puertas de la Normal los balacearon. Se hablaba de «los Halcones», los grupos armados con palos que entraron por el frente y las laterales y cómo los habían cubierto los granaderos. Todo el mundo coincidía en que la policía no intervenía, sólo mantenía el cerco y los dejaba hacer.

A medianoche una estudiante de Medicina llegó a la casa y nos contó que poco antes de las siete los Halcones, o la Policía Judicial, habían atacado el Hospital Rubén Leñero, adonde las ambulancias estaban llevando a los heridos y los muertos, que quisieron llevarse los cadáveres y rematar a los heridos, que los enfermeros y los médicos se les resistieron.

Alguien contaba que había visto a un halcón quitándole el reloj a un herido.

En la madrugada del viernes se producía el primer informe oficial. No sólo mataban, también mentían. La primera reacción del gobierno fue de un cinismo atroz: el jefe del DF declaraba que se había tratado de un «enfrentamiento entre estudiantes».

Como siempre, sería prácticamente imposible conocer los resultados de aquella tarde terrible, el número de estudiantes asesinados, los heridos, los apaleados. La maquinaria estatal se puso en movimiento para disminuir las cifras. Una versión oficial hablaba de seis muertos y 66 heridos, pero tan sólo la Cruz Roja había reportado a las nueve de la noche más de 200 heridos, 35 con bala, y añadía un dato espeluznante: había diez heridos graves de los cuales se temía por su vida. En el Hospital Rubén Leñero de la Cruz Verde se encontraban dos muertos y 32 heridos. Un oficial de la Policía Judicial había hablado de 16 muertos.

Algunos de los nombres de los muertos se abrieron paso en el muro del silencio, los reproduzco para que no se olviden: Arturo Barrios, estudiante de Comercio de 23 años; José Reséndiz, de 19 años, aparecido en la Cruz Roja; Edmundo Martín del Campo, carpintero y activista del Poli, asesinado en San Cosme; Raúl Argüelles; Jorge Callejas, un chavillo de 14 años que había salido a la calle para hacer un mandado, y el estudiante de Antropología José Moreno Rendón.

El resto quedaron en las sombras. Policías intimidaron a las familias de los muertos, muchos de los heridos abandonaron el hospital a la primera oportunidad para no sufrir posteriores represalias.

Las habituales redes de desinformación estatales intentaron taparlo todo, pero les surgió un conflicto indeseado. Los Halcones habían atacado también a muchos periodistas que cubrían la manifestación: quedó herido un cámara de CBS, muy grave, un fotógrafo de *Excélsior* (Miguel Rodríguez, madreado brutalmente a palos por los Halcones, pateado en la cara al caer al suelo) y un reportero de *Novedades*; fue herido Félix Arciniegas, cámara de *The News*, al igual que el reportero de Telesistema Roberto de la Peña y Ricardo Cámara, que fue secuestrado en un carro blanco y golpeado frente a inmóviles granaderos. Una reacción corporativa de una fuerza enorme trascendió los boletines oficiales, se habló de los Halcones, se interpeló públicamente a funcionarios. No sólo la historia de que había sido un choque entre estudiantes no se podía creer, la presencia de un enorme cuerpo paramilitar organizado al que los granaderos habían permitido actuar impunemente quedaba establecida. Los Halcones cubrieron las páginas de diarios y noticieros radiofónicos y televisivos.

Ante el debate público el presidente Echeverría construiría una versión que impulsó con un brutal alud mediático, un bombardeo en la prensa, la radio y la televisión, para fijar la tesis de que la matanza era el resultado de una doble conspiración: contra el renaciente movimiento estudiantil y contra su gobierno, desestabilizado por la derecha diazordacista dentro del propio aparato. No sólo eran víctimas los estudiantes reprimidos, también el presidente incomprendido y demócrata, víctima de los «emisarios del pasado». Forzó las renuncias del regente del DF, Martínez Domínguez, del jefe de la policía y pocos días más tarde del procurador general Julio Sánchez Vargas. Parecía un ajuste «a la mexicana» de los sucesos. Los Halcones se desvanecían en la nada. La investigación oficial ordenada se disolvería en el aparato burocrático y no se tendrían que rendir más cuentas a la opinión pública.

Pero las investigaciones independientes lentamente fueron construyendo otra historia: primero se identificó plenamente a los Halcones. A partir de una placa, se descubrieron los camiones grises que los habían transportado. Luego se identificaron los campos de entrenamiento: en la Cuchilla del Tesoro, en San Juan de Aragón y atrás de la pista 5 del aeropuerto. Luego se supo de las nóminas de más de 1200 lúmpenes que habían sido reclutados a lo largo de un año y que cobraban del gobierno del DF, primero en la Dirección de Mercados, más tarde en el Metro, pero cuyos jefes eran miembros del ejército y de la Dirección Federal de Seguridad. Se identificó como jefe del grupo al coronel Díaz Escobar, quien fue premiado nombrándolo agregado militar en Chile.

Luego se estableció la colusión con todas las fuerzas del «orden» público: cómo una docena de Halcones habían sido detenidos con las armas en la mano y liberados esa misma noche, cómo algunos heridos del grupo habían sido curados en el Hospital Militar. Circuló ampliamente una cinta que había sido grabada por una radio policiaca y en la que podían oírse frases como: «Que entren en acción los Halcones, ahí vienen, protéjanlos», y donde se establecía que la fuerza de la represión dependía de la magnitud de la concentración.

Años más tarde el defenestrado Martínez Domínguez le confesaría a Heberto Castillo que el propio Echeverría había coordinado telefónicamente desde Los Pinos la represión, ordenado la formación de los Halcones y la coordinación estatal de su mantenimiento, y ese mismo 10 de junio ordenado ocultar los cadáveres.

¿Quién podía coordinar una operación como esa? Nóminas y sueldos de más de 1200 personas pagadas por el GDF; campos de entrenamiento que pertenecían a Aeropuertos y Servicios Auxiliares, asesores del ejército, coordinadores de la policía secreta que respondían a la Secretaría de Gobernación, coordinación de la operación del 10 de junio con granaderos y policías auxiliares del DF, Hospital Militar para los heridos.

Pero las evidencias reunidas por la sociedad no fueron suficientes. La investigación oficial se diluyó en la nada y los Halcones pasaron a la categoría de invisibles. Años más tarde el procurador Horacio Castellanos diría que el expediente no estaba en los archivos. Eso, tal cual suena. Al asesinato se sumaba el cinismo. Ni un solo funcionario fue llevado a juicio. Todos los altos burócratas del Estado mexicano involucrados continuaron en el aparato político priista a lo largo de los años y los siglos, fueron ministros, embajadores, gobernadores, agregados militares, cónsules, directores generales de empresas paraestatales y cualquier cantidad de mierda que al lector más enfurecido se le pueda ocurrir.

43

EL CINITO (1972-1973)

Esta vez la proyección se veía extrañamente borrosa, por más que corregías el foco del proyector no mejoraba, le diste una vuelta al baldío en la colonia Tierra y Libertad en Torreón ¿o era Monterrey? En esos años el inmenso país se había vuelto chiquito. El cine nos había llevado de los concursos en Super-8 a la insurgencia sindical. Recorríamos paros y manifestaciones de millares de electricistas, sorprendidos por esta clase obrera que se había vuelto real de la noche a la mañana. Acompañábamos a los fabricantes de calzado de León y a las huelguistas de Medalla de oro en Monterrey, a los cañeros de Morelos y a los que tomaron el cerro del Mercado en Durango.

Fuimos con el mítico Demetrio Vallejo, el que había dirigido a los ferrocarrileros a fines de los cincuenta, que acababa de salir de la cárcel y estaba en plena reorganización del gremio que tomaba las secciones sindicales, corriendo a patadas a los charros protegidos por el gobierno.

Vallejo, al que un día fuimos a visitar con reverencia, nos sorprendió: era chaparrito, con voz muy tenue. Y luego lo vimos en acción cuando llegó a Matías Romero, una troncal ferroviaria en el istmo de Tehuantepec, Oaxaca. Nos esperaba un cordón de soldados con bayoneta calada a ambos lados de una calle que descendía hacia el local sindical, Demetrio empezó a marchar sin dudas en medio de las filas de soldados. No dudaba, no hacía aspavientos, sólo avanzaba y lentamente se sumaban igual de silenciosos cientos, luego miles de ferrocarrileros; los rostros de los soldados lucían el espanto que nosotros no teníamos. ¿Cantaban los obreros bolcheviques cuando se fueron sobre el Palacio de Invierno? Aquí el silencio y un aire helado.

Al llegar frente al local se subió al techo de un camión y les dijo: «¡Ya sálganse! Ese local no les pertenece». Un niño se acercó corriendo y le gritó: ¡Se escaparon, Demetrio, por la puerta de atrás! «Bueno, pues vamos», dijo Demetrio, parco, y fuimos: unos 2 mil ferrocarrileros enchamarrados, que ahora sí cantaban *La rielera vallejista,* y nosotros con nuestras pinches camaritas que no lograron ni una toma buena de tanto que nos temblaban en las manos.

Y escuchamos a una compañera explicar después de una proyección de *Espartaco* en la colonia Guerrero, con Paco y Yola presentes: Esos romanos son como los granaderos, no tienen huevos. E incluso averiguamos por qué se veían borrosas las proyecciones, porque los chavitos de la primera fila en el campamento tiraban arena para arriba ante el proyector, simulando el desierto.

Y el cine se fue agotando, pero nosotros nos quedamos ahí.

44

HERÉTICAS OCHO TESIS Y RAZONES PARA RECUPERAR A JOSÉ ALFREDO Y CUCO SÁNCHEZ DESDE LA IZQUIERDA (1972)

1) ¿Lo nacional? ¿Qué es lo nacional, sino aquello que hemos decidido que sea La Nación? Versión múltiple extendida a cada mexicano. Versión trastocada y manipulada según la cantidad de horas que se mamó (el o la mexicana) viendo la tele de niño chaparrín. Nos igualan los mensajes del enemigo compartidos.

La recuperación de la nación se basa en un acuerdo de lo mejor que podemos sacar de lo peor: la información de las estampitas pegadas en los cuadernos de la primaria del cura Hidalgo y el pastorcito Juárez; la filosofía profunda en los guiones de Urdemalas y Rodríguez en las películas de Pedro Infante; el común denominador de los desastres que hemos pasado juntos: inundaciones, masacres, terremotos. Las penurias económicas ante los sistemáticos errores de diciembre, devaluaciones y fobaproas incluidos.

Pero, sobre todo, lo que fija y da esplendor son las

tribulaciones afines a las adolescencias, único territorio seguro (¿quién no tuvo un novio o una novia que además de guapos eran mensos?). Y, desde luego, las canciones de Cuco Sánchez y José Alfredo Jiménez.

2) En un país en que se tiende a pedir perdón por las pasiones; donde se ha puesto de moda el cinismo, y de un sombrerazo maligno, lo *light* descafeinado; en un país dominado por una nacoburguesía semianalfabeta donde los ministros dicen que leen resúmenes de libros que les han recomendado sus esposas, y los estudiantes fotocopias del capítulo 8 de un texto del que ni siquiera han visto la portada; donde los minimalistas atacan desde la lista del *top ten,* no está de más retornar a esas pocas vocaciones de amores por los que uno se corta las venas. Y mucho menos mal está encontrar sustento dondequiera que se halle. Una izquierda desarbolada tiene derecho a buscar balsa en el naufragio.

3) Pero hay mucho más. Mucho antes de leer a Hegel (explicado por Marx, que quizá no sea la mejor manera de leerlo, pero sí la menos aburrida) habíamos descubierto sus esencias dialécticas en una canción de Cuco Sánchez, *Arrieros somos.* Era aquella en la que Cuco se desparramaba cantando: «si todo el mundo salimos de la nada, y a la nada por Dios (en sentido exclamativo) que volveremos». La dialéctica de Hegel mejorada por Sartre. Y decía Cuco: «Me río del mundo, que al fin ni él es eterno, por esta vida nomás, nomás pasamos».

4) Tengo que reconocer que mi formación sentimental

le debe mucho más a las intenciones de desbordar la miseria del pensamiento mercantil en frases como «No soy monedita de oro», de Cuco Sánchez, que a Lenin. Y evidentemente todo bajo un «cielo más que azul» (José Alfredo en *La noche de mi mal*).

5) Reconozco que existe el riesgo de la sobreinterpretación, y que muchas veces uno lee lo que quiere leer. Y entonces uno se dice que una forma de humillar al poder es cantarle al fin del sexenio: «Y tú que te creías el rey de todo el mundo… ¿por qué hoy que estás vencido mendigas caridad?». Y de refregarle: «A ti te había tocado nomás la de ganar, pero hoy tu buena suerte la espalda te ha volteado» (Cuco Sánchez en *Fallaste corazón*).

Recuerdo con placer que en 68 le pintábamos en las bardas al presidente Gustavo Díaz Ordaz, en nombre del movimiento estudiantil: «Soy terco como una mula, ¿a dónde vas que no te halle?» (Cuco Sánchez en *No soy monedita de oro*).

Y que nuestra inicial visión de la lucha de clases tiene su origen en el *Vámonos* de José Alfredo Jiménez: «Que no somos iguales, dice la gente… que yo soy un canalla y que tú eres decente», aunque el compositor reconozca que «yo no entiendo esas cosas de las clases sociales».

Y que nuestro desdén anticonsumista se fundamenta en «aunque la jaula sea de oro, no deja de ser prisión» (Cuco: *Grítenme piedras del campo*).

Pero, sobre todo, nos hemos guiado por la capacidad de premonición del negro futuro que se encuentra en

«Pero si yo ya sabía que todo esto pasaría, ¿cómo diablos fui a caer? Me relleva la tristeza, qué desgracia, qué torpeza, qué manera de perder» (*Qué manera de perder*, Cuco).

6) Oí cantar *Si nos dejan* de José Alfredo en un cabaret gay en Guadalajara; resultaban fascinantes las reclamaciones de amor prohibido, del derecho a la libertad sexual, tomando prestadas al comandante del machismo sus palabras.

Cuando el personal se ponía a cantar a coro: «Si nos dejan, nos vamos a querer toda la vida; si nos dejan, nos vamos a vivir a un mundo nuevo», lo hacían con el fervor militante de estar interpretando el himno nacional.

Los asistentes remataron con *Un mundo raro*: «Cuando te hablen de amor y de ilusiones, y te ofrezcan un sol y un cielo entero... es preciso decir una mentira: di que vienes de allá, de un mundo raro...»

7) Si a veces las canciones de Cuco Sánchez y José Alfredo se han vuelto pasto y manjar para oligarcas borrachos y políticos priistas y perredistas igual de borrachos en cabarets de lujo donde van a quemarse lo que se han robado de nuestras quincenas, no se preocupen, es porque el México chillón es un México compartido por los maloras y los nativos comunes y corrientes más allá del honor, la decencia y las culpas. Recuperemos la sabia máxima filosófica que dice que no tiene la culpa el klínex del que se suena con él y retornemos.

8) Las canciones de Cuco Sánchez y José Alfredo hacen referencia en un 99% a una derrota personal. No te

salvas del naufragio. Son historias de fracasos, desamores, traiciones y frustraciones. Se canta desde la derrota, la pérdida, la imposibilidad de recuperar. Son para un país repleto de ilusiones sociales traicionadas, de batallas políticas perdidas, la metáfora perfecta.

Para alguien que piensa cada vez más que el sentido de la lucha está en la lucha y en el avance social que esta produce, y no necesariamente en la victoria, y que cualquier victoria parcial, y mucho más una derrota, sólo son el eslabón del principio de una lucha nueva, no está mal irse a dormir con «Si nos dejan, haremos de las nubes terciopelo», aunque una semana más tarde estemos dando la batalla por que los burócratas no intenten cobrar la entrada al cielo y traten de cambiar el terciopelo por fibra sintética de Taiwán.

Nota a pie de página a mitad de la página: dos colecciones de discos colaboraron en este experimento: *Cuco Sánchez y sus mejores intérpretes*, 3 cedés de Orfeón, y la antología en dos cedés de las canciones de José Alfredo editada por Sony.

45

HERMANO MENOR
(1973)

No era pequeño y peludo como Platero, era más bien como una versión defectuosa de un mini Flash al que la velocidad no le impedía tropezar con todas las puertas, tirar todos los vasos, voltear todos los botes de basura, hacer que todas las botellas de refresco salieran disparadas volando hacia la nada.

Sus hazañas, mayores y menores, fueron construyendo su leyenda:

Reptó bajo la mesa del comedor en una cena para ponerle hielos en los zapatos a la esposa de un embajador que se había descalzado.

Prudentemente colocado tras la reja verde que dividía el garaje de la entrada, mantenía a los cinco años duelos de insultos con los basureros, que amargamente se quejaban con mi madre: Ese niño es un lépero, señora. No sea puto y chismoso, contestaba el infante.

Se aficionó al béisbol acompañado del asistente de mi

padre, porque era un deporte democrático: Genaro, ¿a ese le puedo decir pendejo? No, a ese no, al chorestop.

Infancia es destino, como decía Santiago Ramírez, y a los dos años Benito prefiguraba el que más tarde sería. Yo le ofrecía un par de dedos y él se aferraba a ellos en el corral donde lo depositaban y saltaba al ritmo de «Fuerte, audaz y valiente», el lema de Choco Milk y Pancho Pantera, durante diez, quince minutos, incansable, incombustible, desbaratador de hermanos mayores; y otros diez, otros quince minutos.

A los cinco años me dio uno de los mejores consejos que he recibido en la vida. Estábamos en una alberca en combates singulares. Los hermanos menores eran los jinetes, los mayores, los caballos. Mi misión como caballo era simple, llevar a Benito sobre mis hombros a la zona de combate, dejar que le agarrara las greñas a una jineta enemiga y luego cabalgar para descabalgarla. Habíamos perdido la primera docena de encuentros y Benito me propuso, hablándome al oído:

—Cuando te acerques al caballo enemigo, muérdelo.

Pero todas estas imágenes que hoy se me amontonan en los recuerdos, ese clóset que guarda lo que él quiere y hace de la memoria un galimatías delicioso, se desvanecen ante el registro de aquella tarde cuando me convenció de que lo llevara a la huelga de Textil Lanera para que pudiera regalar su bicicleta a los huelguistas.

La huelga estaba siendo acosada por un patrón insaciable, una junta de conciliación y arbitraje transa y unos policías muy agresivos que protegían a un sindicato fantasma. Era como la esencia del heroísmo en una ciudad donde los héroes estaban condenados a la represión, el despido y la hoguera.

Benito estaba husmeando en las afueras de mi cuarto, donde un grupo de brigadistas postsesentayocheros veíamos los limitados alcances de nuestras acciones solidarias con los huelguistas. Debería tener como siete u ocho años, y por más que lo corríamos de la reunión reaparecía con los más extraños pretextos (una vez, con una bolsa de bolillos y una lata de mantequilla de cacahuate para repartir entre los militantes), lo cual nos tenía muy sacados de onda dadas las anteriores incursiones de Benito en nuestras vidas, que más parecían las incursiones del hijo de Stalin, incluyendo entre otras variadas acciones echarle pica pica en el escote a una compañera, hacer una antorcha con un folleto de Marta Harnecker o secuestrar los zapatos del Hombre Lobo.

Cuando nos íbamos hacia la huelga apareció en la puerta, pidiendo humildemente:

—Llévame, carnal.

—No es de niños. Si nos reprimen contigo allí, mamá me mata.

—Nomás tantito, quiero llevarle mi bicicleta a los huelguistas.

Y me miraba con rostro angelical.

Y así fue.

Pocos días después el campamento fue asaltado por la

policía, que a patadas y macanazos rompieron todo lo que se les puso enfrente y detuvieron a varios compañeros. Nunca supimos lo que pasó con la bicicleta, pero obviamente los policías se la robaron.

46

LA VERDADERA GLORIA Y
EL ANONIMATO DE UN
ESCRIBIDOR (1973)

Con el 90% de mi vida dedicado al sindicalismo rojo, para sacar el pan me dediqué al freelanceo periodístico haciendo magia de tecla fácil y sabiduría de refritos. Publiqué en *Cine Mundial* una serie sobre Boris Karloff y con riguroso seudónimo una serie en la revista *Por Esto* sobre los tupamaros, sacada de los pocos libros que sobre los míticos uruguayos nos llegaban a México. Escribí guiones de fotonovelas con monjas que se escapaban de un convento, guionicé programas de ciencia televisivos sobre la fauna del desierto en Baja California y sobre los bosques de Chihuahua (ese nunca lo cobré). Pero mi energía de superviviente dedicó el mayor tiempo a hacer por encargo una biografía de Bruce Lee, recientemente muerto (el 20 de julio del 73).

Nacido chino en San Francisco, niño karateca crecido en Hong Kong, estudiante de Filosofía en la Universidad de Washington, era el rey del kung-fu.

Registré su veloz trayectoria como Kato, el enmascarado mayordomo y chofer en la serie televisiva norteamericana *El avispón verde*, y luego sus películas asiáticas: *El gran jefe*, realizada en un estudio local repleto de ratones y cucarachas. El éxito, luego *Furia oriental* y *El regreso del Dragón*. Las vi todas, rastreadas en México en cines de barrio. La que me parecía más notable era *Operación Dragón*, de la que me enteré que a su guion y a la versión final les habían mochado en la versión comercial todos los debates filosóficos y todo el budismo y todo el orientalismo verbal mientras que le habían dejado los karatazos, y finalmente *El juego de la muerte*.

Bruce escribía, producía, triunfaba. Busqué todas las historias. Cómo Bruce era adicto a jugos de frutas y verduras que él mismo elaboraba, cómo había tenido alergia a las aspirinas. Cómo se enfrentó a los distribuidores de cine en todo el sudeste asiático, las mil y una historias sobre su misteriosa muerte siguiendo los abundantes rumores sobre que no había sido un «edema cerebral», ni siquiera sus fracasados experimentos con los jugos, las drogas o la herbolaria, sino un envenenamiento criminal organizado por la mafia china de Hong Kong. Incluso encontré crónicas de su entierro en Seattle.

¿Cómo pude hacerlo en la época anterior a internet? Mucha hemeroteca chafa. El caso es que salió un libro ilustrado de más de cien páginas.

Cuando muchos años más tarde le conté la historia a mi hermano Ángel de la Calle me miró con renovado

respeto, porque una cosa era ser novelista ya bastante conocido y obstinado militante de la izquierda, y otra tener
en el pasado un oculto secreto que te volvía parte de la
cultura pop. Me mostró como en utube las historias de
la vida y muerte de Bruce Lee rebasaban el medio millón
de seguidores. Consciente del descubrimiento, decidí
buscar la edición de *Cine Avance*, pero no existía en ninguna de las 400 librerías de viejo de la Ciudad de México,
la revista había desaparecido hacía un par de siglos, no
recordaba el seudónimo bajo el que la había escrito, ni
siquiera estaba seguro de que la edición la había hecho
una revista de ese nombre, cuyo director, creía recordar
(porque uno recuerda puras pendejadas), se llamaba
Lincoln.

47

CHARRAS (1974)

«Al Charras lo mataron por buena gente», dijo el Cando.

Efraín Calderón, chaparro, de absoluto acento yucateco aunque nacido en Campeche, bigotillo, pelo chino, era el abogado (aunque no había terminado la carrera de leyes), gran organizador de sindicatos democráticos en la península: choferes, gasolineras, construcción. Manteníamos regular contacto con él, aprendiendo y transmitiendo experiencia de lo que habitualmente hacíamos en el DF.

Fue secuestrado el 13 de marzo del 74 y apareció cuatro días después en una carretera de Quintana Roo, había sido torturado y tenía un tiro en la cabeza. Tenía 27 años.

El gobernador era Loret de Mola. Y aunque era público que había sido asesinado por órdenes de empresas constructoras y de dirigentes de la CTM, y que el organizador fue el director de Seguridad Pública del estado y policías locales, la investigación fue un fraude. Loret se hizo eco de un complot inventado contra él por el priismo local, se cubrieron las huellas, y aunque finalmente fueron detenidos los torturadores y asesinos, nunca se llegó al fondo del asunto.

Cuando los sindicatos yucatecos nos pidieron apoyo, el único voluntario viable era Jorge Fernández, el Cando, abogado y yucateco. La caja colectiva le pagó el transporte hasta Mérida y nada más.

Su frase de despedida a un viaje hacia el enorme riesgo para tratar de cubrir la labor del muerto fue esa reflexión sobre lo buena gente que había sido Efraín. Sobraban las frases sobre el mucho cuidado que debería tener.

48

EL ESPÍA RUSO (1974)

A Emilio un día su compañera lo corrió de la casa. Debería estar harta de contemplarlo, mantenerlo y soportarlo. Hombre de todas las manías que a causa de una pronunciación gangosa era conocido por sus amigos como el Espía Ruso (o *Egspía Guso*, en su defecto), era a juicio de ella y de todos los que lo conocían y los que lo conocerían en el futuro, un absoluto irresponsable. Despreciaba el orden, pero no sería tan terrible si despreciara el orden propio: el problema es que también despreciaba el orden ajeno e iba recorriendo el hogar olvidando todo, destruyendo todo, tirando todo, dejando las tijeras de cortarse las uñas en el refrigerador y olvidando el recibo de la luz entre las páginas de una novela de Norman Mailer, hasta que el corte de luz y el apagón total demostraban el olvido.

Un día ella se cansó, tomó todas las chivas de Emilio y las puso en la puerta del departamento (en el tercer piso de una casa desvencijada en la colonia Doctores): una almohada, un *sleeping bag*, dos sartenes, una lámpara Coleman de cuando era niño explorador, parte de sus libros de marxismo, tres camisas de cuadros rojos igual de deslavadas, un tocadiscos de pilas que no funcionaba, cero discos, dos pantalones de mezclilla, una colección de fotos de Sara García, la abuelita del cine mexicano; una buena colección de novelas de terror, dos cucharas y una fuente bañada de plata que había heredado de una abuela.

Y le decía con vigor aquella de cuyo nombre no me acuerdo, pero sé que era estudiante de Antropología y jarocha, peinada de raya en medio con colitas:

—Te me vas mucho a la chingada.

Emilio trató de negociar mientras a la puerta del pasillo iban dando sus tiliches como en cascada, argumentando que le pagaría las siete medias rentas que debía y más cosas que por haber estado ausente del debate en ese momento no pude registrar.

Finalmente declaró mientras la puerta se le cerraba en las narices:

—Pues no me voy a ningún lado, me quedo aquí paga *siempgue*. Y yo sí te quiego.

Ninguno de los compañeros del grupo se enteró. Emilio continuaba con las reuniones, las volanteadas en las puertas de las fábricas, los mítines, los círculos de estudio. Poco a poco le había crecido una barba descuidada y su ropa se iba ajando a fuerza de no lavarla, pero quién se iba a dar cuenta en aquellos tiempos inciertos y sin lavadoras ni detergente.

Y sí, se había quedado en el pasillo, había montado campamento a la puerta del departamento de su novia, leía a la luz del foco o de la Coleman mucho Marx y bastante Lovecraft y dormía en el *sleeping bag*. Ella para salir a trabajar tenía que brincarlo, cosa que Emilio aprovechaba para chulearle las piernas y señalar con voz tierna:

—*Pog favog*, no pises las *cobijhas* ni los *cuadegnos*.

Había pactado con los vecinos, un mecánico que trabajaba cinco días a la semana en la carretera de Toluca, una señora costurera y su mamá, que lo dejaran entrar al baño una vez al día y con los del piso de arriba que no bloquearía la escalera.

Cuando los compañeros lo descubrimos, creamos una comisión negociadora que logró que la jarocha readmitiera a Emilio. No duró demasiado y lo volvió a correr en un plazo de un mes sabiamente calculado. No conocí el final de la historia y lo último que supe, creo, es que me contaron que Emilio era profesor de El Colegio de México.

49

LO QUE SEA A LAS INVASIONES
(1975)

—Bueno, hicimos lo que pudimos —dijo Josué y apagó el último cigarrillo en los restos de la última taza de café.

—Será —dijo Belarmino—. ¿A poco? No, pues sí... Lo que sea a las invasiones —en ese tono a veces críptico, a veces cantinflesco, recordando aquella frase de una película donde un grupo de campesinos cercados por el ejército y sin posibilidad de triunfar en una lucha que llevaba doscientos años, resumían que la mejor manera de caerse al suelo es hacia adelante e insinuaban que la historia estaba a medio terminar.

—Éramos bien simpáticos —dije, pero nadie pareció oírme.

50

CINCO (1975)

Pensabas que ser escritor de novelas y/o escribidor de los artículos y guiones para tv más estúpidos del planeta podía ser compatible con otros tres oficios: portero de noche de un hotel, militante sindical en las tardes o cuidabebés en las eternas mañanas. La tercera era una de las nuevas obligaciones de mi vida.

Había que limitar el espacio de la enorme sala de la comuna donde vivíamos: cerrar con dos sillones el paso a la puerta de la sala, bloquear con las sillas del comedor el paso a la cocina

Normalmente eran tres pero llegaban a ser cinco: desde luego Marina, mi hija, que al año y medio estaba aprendiendo a escribir su nombre a máquina, terca trepadora de escritorio. Julián, hijo de Belarmino, más bueno que el pan, reflexivo, sentado en un aparato de nombre desconocido que con un pie podías darle vaivén; Lucía, la hija del Hash y Guadalupe, a la que ningún corral podía contener y que parecía discípula aventajada de Houdini; Emiliano el Babarias, hijo del Celerín, que era buenísimo, pero a los cinco meses había que estarle limpiando con una gasita la mandíbula; y Gabi, hija de mi gran amigo y vecino Carlos Vargas y de la pequeña Lulú, que comía pelusa mientras gateaba por las alfombras y a la que de vez en cuando había que capturar y sacarle los pelos de la boca.

Me tocaba cuidarlos dos o tres o cuatro veces por semana, de nueve de la mañana a la hora de comer, hora en que volvía la normalidad. En teoría era una tarea posible a no ser que decidieran llorar al mismo tiempo, se arrojaran las mamilas a la cabeza, organizaran maniobras de distracción para unos fugarse mientras otros me tenían cambiándoles los pañales.

Era un asunto de concentración múltiple: visión de conjunto, apariencia de calma, revisión de detalles, ¿dónde se había metido aquel? ¿A qué horas se había apoderado ella de un cenicero y por qué se estaba comiendo las colillas? Fuga de la otra por entre las sillas, arrancando a toda velocidad a gatas hacia la cocina.

Descubrí algo que acompañaría mi vida futura: los niños son infinitamente más rápidos que los humanos.

51

EN LA PUERTA 3 EN EL TURNO
DE NOCHE (1975)

Me tocó cubrir la guardia nocturna de la puerta 3. Se llegaba entre sombras, un farol cada cien metros y un perro viejo ladrando cada doscientos, caminando por un acceso donde había una vía de tren. Era territorio rudo. La huelga de Spicer, una gran empresa de partes automotrices en el límite norte de la Ciudad de México con más de 700 trabajadores, se había vuelto el centro de la confrontación entre el Estado y la insurgencia sindical.

Y era la guerra de todas las guerras: les negaban a los trabajadores el registro de su sindicato clarísimamente mayoritario, la junta de conciliación conchabada con la patronal evitaba de cualquier manera algo tan simple como un recuento. Llegaron los despidos, entró para hacerlo todo más complicado un sindicato charro, el minero, que sumó agresiones y obreros fantasmas, y no hubo otro camino que la huelga de hecho precedida fielmente por una semana de tortuguismo y ausencias programadas que destroncaban la línea de montaje. Total, que estábamos a la espera de un segundo intento de los charros y de la policía de romper la huelga. De pilón, nos habían ido a visitar un grupo de guerrilleros bien armados que a la luz de la hoguera nos explicaron que las huelgas valían madre y que el único camino en México era la lucha armada, y nos dejaron de postre, después de regañarnos por reformistas, cien ejemplares del periódico *Madera* que Julio y Tacho usaron para alimentar nuestras hogueras junto con la publicidad de una óptica que nos habían dejado para repartir.

Eran noches largas bajo tensión, con frecuentes rondines que cubrían las rejas posteriores de la fábrica, y organizamos un círculo de estudios a propuesta de la Lulú. Todo arrancó, con cafecito de por medio, con la pregunta: ¿Para qué sirve el gobierno?

A punta de opiniones bien argumentadas fuimos eliminando. En chinga nos fumigamos la Ley Federal de Trabajo, las juntas de conciliación, el artículo 123, la Secretaría de Gobernación, el ejército, la Policía de Caminos, el Seguro Social. A chingar a su madre la Secretaría de Comercio Exterior, el Servicio Nacional de Pasaportes, el Registro Civil, el Senado, todas las cámaras patronales, los abanderados en el futbol, las aseguradoras, los asilos de ancianos, la frontera con Guatemala. Se producían enconadas discusiones para decidir si se eliminaban esta o la otra parte del aparato del Estado, basadas casi todas en la experiencia muy personal de cada cual.

—¿Para qué tengo que decirle a nadie cómo se va a llamar mi hijo si luego además lo escriben mal? —decía Julio, que acababa de llevar a su hijo y le habían escrito Espartaco con «H».

—Díganme, ¿para qué sirve el Barapem (Batallón de Radiopatrullas del Estado de México)? Ayer los vimos Tacho y yo —decía el Greñas— robarse las despensas de los obreros de la Jumex.

Yo asistía sin opinar a ese juicio sumario sobre el Estado mexicano. Al amanecer del tercer día, el círculo de estudios de la guardia del turno de noche de la puerta 3 de la huelga de Spicer había dejado tan sólo Correos, la Procuraduría del Consumidor, los bomberos y la red cloacal de la Ciudad de México, donde se decía que había un jeep, el cadáver de una vaca y cocodrilos.

Me quedo en la memoria con estas noches, aunque habría que reescribir un monumental texto sobre esa huelga, las jornadas de poder obrero, la secuela de la huelga de hambre y el cerco a la Secretaría del Trabajo de la que fue una de las más gloriosas guerras de los obreros mexicanos.

52

EL CANALLA (¿1976?)

Una vez el Cabezón dijo: «El Canalla se volvió loco».

Me lo esperaba, la última vez que habíamos conversado me había narrado con abundantes detalles y muy seriamente que los postes de luz le mandaban mensajes y que en los aparadores de las tiendas Zaga las camisas, los calzoncillos y las camisetas le enviaban noticias ocultas. Casi me convenció.

Era inquietantemente inteligente, delgado, con el pelo muy corto, bigote incipiente y lentes de fondo de botella. Militamos juntos en el movimiento sindical varios años y creo que estudiaba Filosofía.

Nunca supe cómo se llamaba.

Creo recordar de las versiones del Cabezón, y nuevamente puedo equivocarme, que su padre tenía dinero y era dueño, entre otras cosas, de un cine porno en San Juan de Letrán. A regañadientes el Canalla aceptó trabajar como taquillero en el negocio familiar hasta que un día se llevó el dinero de las entradas de la semana, rentó un mustang blanco, se vistió con un traje también blanco de tres piezas, reluciente y botas de tacón cubano, y dio tres vueltas a la plancha del Zócalo nacional antes de embestir contra la puerta presidencial.

¿Fue así?

Nunca conocí el final de la historia.

53

IRAPUATO

Uno no se enamora de una ciudad, se enamora de sus ciudadanas, de una esquina perdida, de un «fugitivo aliento» guardado en la memoria. A lo largo de diez años viajé a Irapuato, pueblo fresero perdido en el Bajío guanajuatense, como vil voluntario en la organización sindical para apoyar a las costureras de los sindicatos del FAT, a un solitario vallejista y a los electricistas del SUTERM.

Terminé escribiendo un librito de esta experiencia: se llamó *Irapuato mi amor*, jugando con la memoria de la película de Resnais. Mal haría en tratar de resumirlo aquí, pero no puedo olvidar cuando los padres de las chavillas, las Hormiguitas, nos pedían que cuidáramos a sus hijas en las guardias nocturnas de la huelga, o la tremenda solidaridad del barrio donde las huelguistas de Estrella de Oro tenían serenata permanente de los tríos que trabajaban a pocas cuadras en las cantinas o los burdeles, o la devastación de la ciudad el día en que se desbordó la presa El Conejo, o cuando Socorro me salvó la vida soltándole un pancartazo al patrón de la fábrica, que me aventó un mustang con insana intención de atropellarme porque tratábamos de liberar a las secuestradas obreras de Maquilas Populares.

Maldito e imperdonable sea si se me olvidan los rostros, que me caiga un rayo si se me olvidan los nombres de Olga, de doña Caty, de Toño y de Ramón. Preciada memoria de compartir vida con las mejores mujeres de México y preciada memoria del hambre que pasé, porque teníamos (Mario Núñez, Chava y yo) un apoyo de diez pesos para comer (las supuestas tres comidas) que nos daban los electricistas y que alcanzaban para una sopa muy aguada con un hueso sin carne y tres tortillas por coco una vez al día en el mercado.

(Pueden bajar gratis *Irapuato mi amor* en la página de la Brigada para Leer en Libertad.)

54

A HOWARD FAST LO QUERÍAMOS TANTO (1976-2003)

Había perdido un avión y estaba en un hotel aburrido en un aeropuerto y una ciudad a medio camino entre Nueva York (¿sería Newark?) y México, y me descubrí comiendo club sándwiches y leyendo durante toda la noche *The Crossing*, con lo cual volví a perder de nuevo el vuelo de relevo. No me arrepentí. *El cruce* era una gran novela, una lección y una cátedra de los modos y artificios para contar la historia. Situada en la guerra de independencia norteamericana, contaba cómo Washington imponía su juicio a la desesperación, el miedo de los revolucionarios a las bayonetas de los mercenarios hessianos de los ingleses, por qué al amanecer la pólvora está húmeda, los remeros voluntarios de Nueva Inglaterra, las pugnas en el mando rebelde y el valor de la voluntad de algunos en el trazado del hilo fino de la historia. La narración se construía con una investigación profunda de los detalles, con visiones de conjunto y pinceladas de sicología de los personajes. Era genial.

Fast había sido el tardío héroe de mi adolescencia tardía. Cuando descubrí Espartaco completé mi educación sentimental y fui el más apasionado cazador de las viejas publicaciones de una editorial argentina llamada Siglo XX, que se encontraban siempre en los más altos estantes de las librerías Zaplana.

Todo el mundo tiene su cantante, su pintor, su maestro de ajedrez; mi escritor, confesión de grupi, es que mi escritor era Howard Fast.

Me hice con *Lugar de sacrificio, Mis gloriosos hermanos; Moisés, príncipe de Egipto; El hombre que se despertaba contento, El ciudadano Tom Paine...*

Fast había nacido en noviembre de 1914 en Nueva York, de una familia de emigrantes judíos ucranianos que cambiaron en Ellis Island el Fastovsky original por Fast. Lector en la miseria continua (trabajaba de 12 a 14 horas diarias, «siempre estaba cansado»), gracias a las bibliotecas públicas logró convertir sus recuerdos en una novela genial, *Infancia en Nueva York* (originalmente *The Children*), dedicada a los niños «víctimas del odio racial». Había vendido a una revista su primer cuento a los 17 años y se volvió profesional. A lo largo de su vida publicó más de centenar y medio de libros, colecciones de relatos, novelas, ensayos.

Poco a poco se fue decantando hacia la novela histórica y la novela social. Escribió *La pasión de Sacco y Vanzetti, Ocurrió en Clarkton; La última frontera*, uno de los dos mejores wésterns que he leído, que narra la prodigiosa hazaña de los cheyenes perseguidos por el ejército norteamericano. La manera de escribir la historia lo hizo tremendamente popular en los Estados Unidos; sin renunciar a las virtudes de la ficción, cada uno de sus textos estaba acompañado de un enorme trabajo de investigación, obsesionado por los detalles y una visión política sólida. Pocos autores han sido capaces de lograr una descripción cálida de la composición clasista del ejército de Washington tras el repliegue de NY.

En 1936, al inicio de la guerra de España, Fast se movilizó en Estados Unidos dentro de los comités antifascistas que apoyaron a la Brigada Lincoln. Durante la segunda guerra mundial fue periodista en frentes muy secundarios (el ejército lo quería lejos de cualquier zona polémica), lo que no impidió que escribiera un folleto de 41 páginas en 1944 sobre la guerrilla yugoslava y Tito, o que escribiera alguno de sus mejores cuentos sobre los depósitos militares norteamericanos de cocacolas en el desierto o algunas historias sobre la India.

Al desatarse la Guerra Fría el macartismo avanzó vigorosamente sobre Howard en 1949. Convocado por el gobierno a rendir testimonio sobre sus compañeros de los comités de Ayuda a los Refugiados Antifascistas, fue llevado a juicio en el verano y en 1950 encarcelado tres meses cuando se negó a proporcionar nombres y listas de sus compañeros.

La represión fue tremenda. Su nombre circuló entre las editoriales, el FBI ordenó expurgar las novelas históricas de Fast de todas las bibliotecas públicas del país y promover su destrucción. A esto siguieron todos sus títulos. Las reacciones de rechazo a la medida por parte de los bibliotecarios fueron ignoradas o reprimidas. Las editoriales que lo habían publicado se negaron a reimprimir sus obras que estaban agotadas.

Tratando de evadir la censura, publica con el seudónimo de Walter Ericson una novela policiaca, *El ángel caído*, que muchos de sus fieles lectores interpretarán como una metáfora del absurdo de la persecución macartista.

En los meses de prisión Fast había empezado a pensar la que sería su novela más importante, *Espartaco*, la historia del líder de la revuelta de los esclavos en el mundo romano. Trató de viajar a Italia para reconstruir la trama desde el terreno, pero el gobierno le negó la visa. Hacia fin de año tiene en sus manos el manuscrito, lo mostró en varias editoriales, recibió elogios, halagos, y en todas le informaron que no iban a publicarlo, que era un escritor indeseable; la censura apretaba una tuerca más en torno a su cuello. Con un préstamo familiar hizo una edición de autor que se acumuló en el garaje de su casa y comenzó a venderlo por correo: miles de ventas se produjeron hasta que le bloquearon legalmente esa salida. Al cabo de los años *Espartaco* vendería varios millones de copias en ediciones en 56 idiomas.

Fuera de las librerías, fuera de las bibliotecas, sus libros descatalogados. Le quitaron todo, hasta el Premio Nacional del Libro Judío que le habían dado por *Mis gloriosos hermanos*, la historia de los macabeos. De pasada, el Partido Comunista norteamericano denuncia *Espartaco* como una visión «sicoanalítica de la historia».

En 1954 Fast viaja a México, el reducto de los perseguidos por el macartismo; escribe cuentos, uno de ellos con una historia mexicana, «Cristo en Cuernavaca». Le dan el Premio Stalin de la Paz, 25 mil dólares, que ni por asomo cubren los derechos de autor de los millones de copias que ha vendido en Rusia. Pero escribe *El dios desnudo*, una feroz crítica a la represión estalinista en Hungría y la persecución en la URSS de los escritores. No sólo le retiran el premio, retiran sus libros de las bibliotecas rusas, le cancelan los derechos de autor en toda Europa Oriental.

Durante la secuela del macartismo y bajo la lista negra (entre 66 y 68), Fast sobrevivirá como escritor publicando bajo seudónimo, E. V. Cunningham, una serie menor de novelas policiacas que todas llevarán nombre de mujer: *Penélope, Shirley, Sylvia, Sally, Helen, Phyllis, Lydia, Alice*.

Sobreviviendo en una relativa clandestinidad literaria, volvería la fama con la serie de la familia Lavette en los años setenta, de la cual la más conocida novela es *Los emigrantes*. Incursiona en la ciencia ficción con *Un toque de infinito* y muchas otras colecciones de relatos como *El general que derribó a un ángel*, además de una larga serie policiaca con un detective zen de Los Ángeles, Masao Masuto.

Pero Howard Fast no había perdido su tremenda fuerza narrativa y en 1988, a los 74 años, publica *The Pledge*. El libro suscita escándalo: no es políticamente correcto, se centra en las vivencias de un periodista norteamericano que descubre que en la Segunda Guerra Mundial no sólo los nazis cometieron crímenes, que durante el avance japonés hacia la India el gobierno británico provocó una hambruna que causó centenares de miles de víctimas en Bengala.

No le bastó con esto y dos años más tarde, en 1990, publicó *La confesión de Joe Cullen*, que narra la guerra sucia en Centroamérica y la intervención de la CIA. El libro causó un nuevo escándalo y Fast estaba de nuevo en el corazón de los lectores de izquierda en todo el mundo.

En el año 2002 un editor norteamericano para el que había escrito un par de textos en antologías, Byron Preiss, me dijo que Fast estaba vivo y que pensaba volver a publicarlo, e incluso me dio un teléfono en Connecticut. Ahí me enteré de que los últimos años había vivido con neuralgias permanentes, que los dolores de cabeza lo paralizaban. Tuve con él una larguísima conversación telefónica, le conté la experiencia de la Brigada para Leer en Libertad, le pedí permiso para editar *Espartaco* y *Mis gloriosos hermanos*, y quedé en visitarlo. Volví a hablarle al año siguiente y quedé en pasar en mayo a Greenwich, Connecticut, para luego ir juntos a la Semana Negra. Me explicó que tenía que tomar un tren en Nueva York y que iría a esperarme en la estación. Al final de la conversación su esposa tomó el teléfono para decirme que sería bienvenido, pero que no podía llegar a la estación porque andaba con un tanque de oxígeno. El 12 de marzo de 2003 me llegó la noticia de su muerte. Se me cayó el mundo encima. Se había muerto mi escritor, un hombre del que admiraba hasta la locura su amor y tenacidad ante el oficio, su visión política, su manera de contar la historia. De todas las citas que había perdido en la vida esta fue la que más me dolió, y sólo me quedó imaginarlo en la pequeña estación del tren de la que luego conseguí fotos intrascendentes.

55

PALOMA (1971-2023)

Cuando uno tiene mucha, mucha suerte, conoce a Paloma a los 22 años y se casa con ella y gana para la eternidad una amante y una compañera. Gana la cercanía de su inmensa belleza, que nunca parece desgastarse.

Coño, de qué maravillosa manera sigo enamorado de ella.

Cuando lea esta nota me va a matar con varios palos de escoba, como suele hacer un par de veces todas las mañanas.

56

DOÑA EUSTOLIA

Salí del metro Tlatelolco en aquella tarde de sol blando y cariñoso, avancé hacia la puerta de Tejidos Imperial, donde estaba dando un curso sobre la Ley Federal del Trabajo en el campamento de huelga, me esperaba una docena de lo que Paloma llamaba «mis viejitas».

Más de 60 mujeres, mayores ya, tejedoras. El patrón había tratado de robarse la maquinaria y dejarlas con un cascarón rentado, y quién sabe cómo el sindicato, pensando que podía hacer negocio, había declarado la huelga. Y allí estaban resistiendo, esperando que les pagaran al menos la indemnización. Me dediqué a acompañarlas, a enseñarles Derecho laboral, a contar cuentos y a organizar el boteo, las finanzas de la huelga: les imprimí un volante y trepábamos a los camiones contando y recibiendo apoyo en un bote pintado con la bandera rojinegra. El gran problema fue vencer la timidez. Una vez que lo lograron eran las reinas de la boteada, se prendían a sus

60 años del camión como gimnastas y no bajaban hasta tener el bote lleno.

Esa tarde, mientras me acercaba a un taco de guisado que doña Cata me ofrecía, apareció un torvo personaje, representante del sindicato charro, que vino directo hacia mí y comenzó a gritarme que me fuera, que yo era comunista, que iba a llamar a la policía y tiró de la pistola. Pero más tardó en hacerlo cuando doña Eustolia se puso en medio blandiendo un tremendo cuchillo cebollero y lo explicó de lo que se iba a morir «si no deja tranquilo a Paquito». Doña Eustolia era chaparrita, pelo chino y mirada maliciosa, vestida siempre con un mandil y las piernas cubiertas de vendas para proteger sus venas varicosas. Era a pesar de esto mi reina de las boteadoras. Tras ella surgieron de la improvisada cocina del campamento otras varias compañeras, cuchillo en mano. El charro, viendo que le iba la vida, retrocedió prudentemente guardándose la pistola y doña Eustolia lo persiguió hasta la esquina. A mí me invitaron dos tacos de longaniza para quitarme el susto.

Al final, 64 de ellas fueron las madrinas de mi recién nacida hija Marina. Ganamos la huelga. Lo último que supe de doña Eustolia fue que había con la indemnización puesto una tiendita de dulces en su colonia, a la que llamó La Huelga.

57

LA REVOLUCIÓN ASTURIANA, MARINA Y LOS SHURIKANES (1978)

La casa tenía un larguísimo pasillo y Marina, pequeña, güerita y parlanchina, lo recorría a velocidad ferroviaria cantando canciones con acento mexicano-asturiano repleto de palabras cruzadas o inventadas como «parcharse» en lugar de marcharse, «calderu» por cubeta, «fumo» por encendedor, «negru» en vez de moreno, «rana» en lugar de vagina, que había adquirido ese año, mientras en un cuartito yo escribía a razón de un capítulo por semana la *Historia de la revolución asturiana de 1934.*

Era mi primera experiencia de hacer historia narrativa de una mítica revuelta que había formado parte de la saga familiar. Durante dos años recorrí el mundo recabando testimonios, más de 200, en diferentes partes de México, en Francia y finalmente en Asturias, de los últimos supervivientes de aquel intento por detener la oleada fascista en Europa que construyó una comuna armada en la región norte de España de dos semanas. Fue también un apasionado rastreo de archivos periodísticos, oficiales, sindicales y privados que incluso me llevó a trabajar en Salamanca con una foto todavía de Franco presidiendo la sala de investigadores, a desenterrar en La Felguera un archivo conservado en cajas de lata de galletas por 40 años, o rastrear con herederos las últimas memorias y correspondencia perdida de padres y abuelos. El baño de nuestra casa estaba inundado de fotos que Paloma copiaba de viejos periódicos y secaba frente a la regadera. Todo era pasión, todo descubrimiento, todo un debate continuo sobre cómo contar la historia. Gracias al editor Silverio Cañada el proyecto se pudo volver una serie de fascículos publicados durante 40 semanas de los que se que llegaron a vender en puestos de periódicos miles de ejemplares.

Un día a la semana había una pausa cuasi religiosa, en las tardes de los sábados mi minúscula hija y yo nos sentábamos ante la tele para ver un programa rarísimo llamado *La frontera azul,* una serie japonesa que sucedía en la China del siglo X, en la que el favorito del emperador, un siniestro personaje apellidado Kao, se dedicaba a despojar a los campesinos pobres de sus tierras y cosechas con todo el apoyo del ejército al que enfrentaba una bola de proscritos, locos, geniales y marginales dirigidos por Lin Chung. Duelos con sables, lanzas, machetes, magia, acrobacia, pero sobre todo con las famosas estrellas arrojadizas de cinco puntas, los famosos shurikanes.

Total, que yo estaba tratando de encontrar la manera de contar la columna vertebral de una historia familiar apasionante mientras Marina volaba por los pasillos, deteniéndose a cada rato para lanzarme shurikanes.

58

INFORMACIÓN OBRERA
(1980)

Los obreros no van al paraíso, pero en México pelean en las más desventajosas condiciones posibles: charro, gobierno y patrón, el mismo cabrón. Nos despidieron rodeados de policías del centro histórico del Movimiento Obrero, una dependencia gubernamental, y formamos *Información Obrera,* un boletín semanal, en una casa cuyo cuarto central tenía acceso al manto freático subterráneo del DF gracias a un pinche hoyo en la duela.

Ahí llegaron Rhi Sausi y Jesús Anaya, que venían fascinados por la lucha polaca de Solidaridad; el Celerín y el Solín y el Zorro y Paloma y Miss Pachuca y Miss Real del Monte, y sociólogos de la UAM y militantes de todas las esquinas como Belarmino y Concheiro.

¿Se puede hacer buen periodismo con una lucha sindical que estaba siendo derrotada? ¿Cómo evadir los lugares comunes de la información militante? ¿Cómo renovar el lenguaje que se secaba al nacer? ¿Cómo escaparte del panfleto, del triunfalismo, de la interminable queja? Lo intentamos produciendo un boletín semanal y varios folletos durante casi un año. Varios periodistas se formaron allí. Varios luchadores sindicales aprendieron a contar sus historias. Sin embargo, la insurgencia sindical fue derrotada y nosotros con ella.

59

PHILIP K. DICK (1982)

Si nos preguntaran qué escritores influyeron claramente en la generación del 68, aparecerían en la lista diáfano Norman Mailer, Howard Fast, Julio Cortázar, Steinbeck, García Márquez, Dürrenmatt, Benedetti, Hans Magnus Enzensberger. Pero escondido alevosamente en el listado, y no muy lejos del comienzo, estaría Philip K. Dick. No fue el primer hallazgo en el universo cienciaficcionero, lo precedieron *Más que humano* de Theodore Sturgeon, el Bradbury de *Fahrenheit*, *Soy leyenda* de Matheson. Pero Dick y Philip José Farmer («El inconsciente es la verdadera democracia», y se refería al inconsciente mundo de lecturas de un adolescente) fueron libros que nos desconcertaron y golpearon con un mazo, como hizo en aquellos años *Conversación en La Catedral*.

Toda la energía que Faulkner dedicaba a la construcción de las oscuras esencias de un lenguaje y sus relaciones con los erráticos comportamientos de los humanos en el sur de Estados Unidos, Farmer la dedica a la construcción de una arquitectura anecdótica repleta de referencias literarias. No son menos barrocos unos textos que otros, lo son de manera diferente.

Philip K. Dick cambió la manera en que leíamos a fines de los sesenta y de alguna manera se infiltró en la manera en que yo habría de escribir a partir de los setenta. Dick era uno de esos admirados colegas a la amorosa distancia.

Fluyan mis lágrimas, dijo el policía me dejó con la boca abierta. Era la demostración de que la ciencia ficción podía encontrar una manera más inteligente de narrar el presente que cualquier otro formato realista. Era un libro extraño, sugerente. Luego llegó *Una mirada a la oscuridad*, que resultaba la más lúcida exploración del universo destructor de la droga. Pero sobre todo *El hombre en el castillo*, además de ofrecerme cinco días de enorme placer, me abrió una puerta por la que habría de caminar muchas veces en el futuro, y miraba una y otra vez con admiración aquella edición de Minotauro que había dejado llena de manchas de pudin de chocolate y torta de chorizo y que se estaba desencuadernando. O sea que se podía. ¡Podías jugar con la historia!

La ciencia ficción había sido la gran respuesta literaria contra el macartismo. Escondidos en la parte de atrás de las librerías, escapando de la decretada desaparición de la literatura social y de la literatura «de compromiso», desde una percepción de espejo invertido, autores como

Harlan Ellison, Isaac Asimov, Ray Bradbury, Samuel R. Delany, Philip K. Dick, Thomas Disch, Philip José Farmer, Harry Harrison, Ursula K. Le Guin, Fritz Leiber, Robert Silverberg y Norman Spinrad habían logrado retomar el más feroz pensamiento crítico y el pensamiento utópico.

Hemos seguido leyendo a Dick a lo largo de los años: la completa edición de sus cuentos; *Ubik*, que me pareció incomprensible; sus primeras novelas, *Tiempo desarticulado*, *Podemos construirle*. De alguna manera hemos sido impregnados del universalismo de Dick, de su tenaz batalla contra la xenofobia. Nos hemos vuelto militantes del «todos iguales y todos diferentes», lema universal del antirracismo, que a través de las paradojas del extraterrestre construyó Dick.

Él diría humildemente: «Un novelista suele llevar consigo habitualmente aquello que las mujeres llevan normalmente en su bolsa, muchas cosas inútiles, algunos objetos esenciales y también, para completar el peso, algunos objetos que podrían considerarse entre esos dos extremos».

Escribiendo con ferocidad para sacar el pan de cada día tras varios matrimonios fracasados, varias estancias en hospitales siquiátricos, su coqueteo con la locura, su odio contra el Estado policial, su estancia en el mundo de la droga, su oposición a la guerra de Vietnam, su obsesión por estudiar todas las religiones conocidas sin dejar pasar una sola, muere de dos ataques cardiacos el 2 de marzo de 1982 y nuevamente nos quedamos solos, por más que andemos diciendo que los viejos rockeros y los grandes novelistas nunca mueren.

60

EL TEMBLOR Y LOS MACHOS
CALADOS (1985)

La ciudad se sacudió, se cayeron pedazos. Me descubrí con mi padre —vestido con pijama y bata— y mis hermanos dirigiendo el tránsito en la calle Sonora para que las ambulancias que venían de la Cruz Roja de Polanco tuvieran libre paso al centro. Me encontré con mi amigo Jorge Fernández, el Cando, que salió de su departamento para descubrir que el edificio de enfrente había colapsado y cuando se acercó a la ruina descubrió un pie, lo tocó y sintiendo que ahí había vida, excavó y salió una señora mayor en camisón con la cara blanca de tierra y polvo, se le abrazó y necesitó a dos camilleros para que lo soltara.

7:19, 8.1 Richter, duró un minuto y medio.

Al caer la noche el equipo de *Información Obrera* se reunió para ver qué se podía hacer. Desconcertados, asumimos las obvias tareas de información, las elementales denuncias sobre los comportamientos mentirosos y autoritarios del gobierno, pero Pablotas puso el corazón en el centro. Nosotros sabíamos hacer información laboral, éramos periodistas de historias obreras. Y se fue a la calle a recabarlas.

Más de 800 talleres, donde miles de mujeres laboraban sin ningún tipo de prestación social, desaparecieron. El gobierno mexicano reconoció que fallecieron 1600 trabajadoras del ramo textil.

Más de 40 mil costureras se quedaron sin trabajo y sin derecho a una indemnización. Ante la situación desesperada que vivían, varias de las sobrevivientes decidieron establecer un campamento sobre calzada de Tlalpan, lugar donde se ubicaban varias de estas fábricas, y resguardaron el material y la maquinaria que pudieron rescatar con la finalidad de que se les pagaran sus liquidaciones. «Nosotras ni siquiera estábamos peleando la antigüedad, queríamos que nos pagaran los días de la semana que habíamos trabajado».

Su organización logró que el 20 de octubre de ese año obtuvieran su registro como Sindicato Nacional de Trabajadoras de la Industria de la Costura, Confección, Vestido, Similares y Conexos 19 de Septiembre.

¿Por qué colapsaban esos talleres, muchos en segundos y terceros pisos? Por el peso de maquinaria y almacenes. Fue la hora la que salvó a miles.

Y Pablotas regresaba con unos cuadernos de notas escritos a mano que volvíamos reportajes: contaba de obreras colocadas ante máquinas excavadoras exigiendo que se levantaran escombros donde podían estar las víctimas y no que estuvieran buscando la caja fuerte de la patronal. Y testimoniaba lugares donde las trabajadoras del tercer turno habían estado encerradas. Y aparecían nombres de empresas criminales que habían colocado maquinaria pesada en un tercer piso que ayudó a que se colapsara el edificio.

Pablotas era incansable en medio de tanto horror y no estaba exento de sentido del humor. En medio de tanta tragedia, Belarmino, que era capaz de perder un amigo con tal de hacer una dura broma, andaba amenazando a los que estábamos redactando con picarnos el culo.

—Ni sabes de qué hablas, güey. Yo fui joto una semana y no me gustó. Yo soy macho calado —dijo Pablotas, logrando un instante de silencio sepulcral en medio de una redacción que adoraba el ruido.

61

PA' TU CASA (1985)

Jesús Anaya había regresado a México tras una agitada vida que lo había llevado a Cuba, Palestina, Italia y una amnistía, estaba trabajando en una dependencia oficial, el que me lo contó no recordaba si el ISSSTE o el Seguro Social; combinaba eso con la preparación de lo que sería la cátedra de formación editorial dentro de la Universidad Nacional.

En el año 1985 el gobierno de Miguel de la Madrid instruyó a todas las dependencias para que los funcionarios públicos con categoría superior a jefe de departamento se afiliaran al PRI. Jesús fue convocado a una oficina y le pusieron enfrente la hoja de ingreso. Obviamente se negó a firmarla; también obviamente lo corrieron. El que me lo contó me dijo que Jesús andaba muy contento.

62

TODO PASA TAN RÁPIDO

Aquellos años volaron para ti a la luz del relámpago.

En el 86 nació la Asociación Internacional de Escritores Policiacos (la AIEP) en un hotel en La Habana, nos reunimos dos cubanos, un checo, un ruso, dos mexicanos y un uruguayo. Era un proyecto muy humilde, pero crecería de una manera sorprendente, levantándose sobre una generación de narradores que habían hecho de la novela negra una zona de guerra. Pronto se sumaron autores franceses como Manchette, italianos como Laura Grimaldi, canadienses, españoles como Vázquez Montalbán, Andreu Martín, Juan Madrid, latinoamericanos, norteamericanos (de la generación del 68 como Ross Thomas, Roger Simon, Jerome Charyn), alemanes como Jürgen Alberts y Gisbert Haefs, y hasta dos búlgaros y un coronel norvietnamita.

En el 88 nace la Semana Negra de Gijón, un festival de nuevo tipo que no le tenía miedo a mezclar la fiesta con la cultura.

Cuauhtémoc Cárdenas ganó la Ciudad de México, el camino electoral se había abierto a mitad de los fraudes. Poco después este ímpetu daría nacimiento al PRD.

Mucho mundo estaba cambiando.

63

ESCUPIR A LA TELE
(MEDIADOS DE LOS OCHENTA)

En una reunión de la redacción de una de las empresas del Grupo Televisa, la revista *Deporte Color*, fui testigo de una singular declaración de su propietario. Emilio Azcárraga reunió a la dirección y les dijo: «El público quiere mierda, y mierda le vamos a dar». Por asombroso que parezca, es rigurosamente cierto. No me lo contaron, lo escuché. Esa filosofía, con leves variantes, con brusquedad o con un algo de ramplona sutileza, ha impregnado las relaciones de las empresas comunicadoras con los mexicanos.

Me une a Televisa y a lo que hoy es Televisión Azteca una conflictiva relación fraguada a lo largo de muchos años. Cuando despidieron a mi padre de su cargo de subdirector de noticieros por haber sido testigo casual de un turbio manejo entre Azcárraga y un rector universitario para romper una huelga estudiantil, el apellido Taibo fue prohibido en las emisiones de todos los canales de la corporación. Heredé orgullosamente el veto, que se plasmó en un memorándum del que mi padre conservaba una copia que alguien había robado para él y que decía «el apellido Taibo no se pronuncia en estos canales». La historia se mantuvo mucho tiempo, al grado que una mañana Marina, mi hija, me llamó para decirme que yo tenía un libro en el número 3 de la lista de los más vendidos. Cuando le pregunté que cómo lo sabía, me dijo que Zabludowsky había leído la lista de Librerías de Cristal en su noticiero y se había saltado del 2 al 4. Aunque parezca absurda, la historia era cierta. Se trataba de *Sintiendo que el campo de batalla,* una de las dos novelas de Olga Lavanderos.

Del Canal 13 me sacaron con policías custodiándome, entre otras cosas porque cuando trabajaba ahí metimos completa la transmisión de *La Internacional* en el velorio de Pablo Neruda.

Si estos y otros muchos agravios personales le dan tono al asunto, no son mis principales quejas, uno es lo que es y ellos son como son. Lo que me ha calentado durante muchos años son los abusos cometidos contra la información y la verdad. Unos muchachos filmaban una tarde en el plantón de Reforma contra el fraude electoral, y cuando les pregunté por qué hacían tomas hacia la izquierda, donde había sólo un par de personas durmiendo, y no hacia el lado contrario, donde estábamos unos 500 en un debate, me contestaron que tenían consigna.

Las televisoras tenían la mala costumbre de hablar en un país que no podía contestarles por más que su mensaje en una sola dirección no fuera muy creíble, y nos obligaban al silencio. Y a fuerza de reiteración iban construyendo la opinión nacional: «Lo dijo la tele».

Harto de esta relación unidireccional, comencé a responder. Pasaba frente al aparato maligno en una tienda de muebles y le lanzaba de sopetón al locutor: Mientes, güey; Cállate, pendejo. Llegué a subirle el tono y en la casa, cuando casualmente cruzaba ante una televisión, escupía a la pantalla.

Esta poco higiénica costumbre provocó frecuentes regaños de mi madre, mi esposa y mi hija, y me obligó a cambiar de táctica. Los declaré inexistentes. Durante los siguientes y últimos 20 años no he sintonizado ninguno de los canales privados de la televisión mexicana. No saben lo sano que resulta.

64

LA VOZ EN LA RADIO

Uno de mis buenos y mejores amigos me contó este diálogo que nunca sucedió y que le gustaría que hubiera sucedido con una locutora de radio a la que quería de lejos:

—Tengo que confesarte que, en los últimos cinco años, cada vez que me masturbaba pensaba en ti.

—¿Y lo hacías con mucha frecuencia? —le respondió ella con tanta frialdad que él perdió la iniciativa.

La muchacha rubensiana de la radio, con la voz maravillosa. Tenía canas y no intentaba ocultarlas. Mi amigo comenzó a soñar recurrentemente con Marisa Lara: estaba sentada en un sillón con pantalones vaqueros y botas y nada más, los brazos cruzados bajo los pechos, y le sonreía con aquellos ojos verdes que nunca podría acabar de olvidar. A veces, semidormido, navegaba con los ojos cerrados hasta el baño y se masturbaba estirando la imagen del sueño. Sólo el frío que subía desde los azulejos era real.

Sólo porque yo era muy cuate se atrevió a confesarlo, porque es pinche y socialmente mal visto masturbarse con la imagen de una muerta. Marisa se había estrellado contra un camión de leche a 200 kilómetros por hora en una *Autobahn* alemana en el 77, y flotaba en el recuerdo y la culpa. En aquella época tampoco se confesaban las culpas. Teníamos tantas.

65

LAS RAZONES LETONAS
(1990)

Estábamos en Crimea, en una reunión de la Internacional de Escritores Policiacos. La delegación letona estaba cabildeando para que se les permitiera ser parte independiente de la asociación y los rusos lo estaban bloqueando. Letonia era parte de la URSS, pero había razones: por ejemplo, teníamos separados con plenos derechos a los autores ingleses y a la fuerte sección escocesa. Me fascinaba que las estadísticas de la Unesco narraran que el índice más alto de lectura de libros de ficción por habitante lo tenía su país.

El compañero se quitó sus lentes y usando los dedos de la mano enunció:

—Paco: primero, en nuestro país las noches de invierno son eternas, larguísimas. Segundo, la televisión es terriblemente mala. Y tercero: el sexo en Letonia es una mierda.

Al día siguiente, como vicepresidente de la AIEP, llevé al pleno la proposición con un solo argumento de

choque: si los letones tenían (por extrañas razones históricas) un federación autónoma de ping-pong, ¿por qué
no podían tener una rama de la AIEP con tantos y tan buenos escritores de narrativa policiaca? Apabullamos.

66

SANTANA ME HABLA
EN PORTUGUÉS (1990)

Me une a Carlos Santana una particular admiración; lo he visto, lo he seguido, incluso una de sus canciones es material para una novela cuando el jefe Fierro se va de México hacia el norte dejando abiertas las llaves de agua del lavabo y sonando a todo volumen su música.

Conocía la anécdota de que cuando unos musicólogos fueron a Autlán, Jalisco, a recuperar documentación sobre su pasado, descubrieron que nadie en el pueblo lo conocía, que Carlos Santana no existía, pero varios viejitos recordaban muy bien a otro Santana, músico, su padre, que había sido, creo recordar, arpista.

Cuando pude conocerlo durante la Semana Negra de Gijón, vi una interpretación singular que se prolongó 15 minutos de *Mujer de magia negra*: comenzó su guitarra a sonar sobre los ritmos, le dio la espalda al público y se medio escondió tras una de las bocinas gigantes, mirando hacia la nada. Vaya experiencia, ¿con quién estaba conectado? Notable, ese fue su mejor rasgueo de una pieza que he vuelto a escuchar decenas de veces en otros días, en otros escenarios.

Traté de hablar con él al final del concierto y contarle que era personaje de mi novela, con ejemplar en mano. Muy amable, se llevó el libro, me sonrió y me habló en portugués. Nunca supe por qué.

67

TODA HISTORIA ES PERSONAL

Los traidores (en los ochenta, y antes y después)

Siempre habías querido escribir un libro del que tenías poco más que la columna vertebral y el título. Se llamaría *Los traidores* y era una serie de anécdotas, vividas y contadas, de los que habían cambiado de bando.

Lo que tenían en común esos personajes que comencé a enlistar y luego a tomar notas sobre lo que sabía, me habían contado o los chismes que circulaban, era que venían de la izquierda, a veces radical: rectores de universidades de provincia impulsados en su día por el Partido Comunista, la guerrilla de los años setenta, abogados de movimientos campesinos eternamente reprimidos, parte de la academia progresista de las universidades, organizadores sindicales... Muchos habían sido captados por la inmensa operación de los Salinas en aquello que se llamó Solidaridad, otros se habían deslizado por la pendiente del desempleo y habían sido recogidos por el aparato estatal en niveles muy menores, a otros la carrera académica los había llevado a puestos repletos de privilegios y por tanto de compromisos. Con abundancia de dobles tiempos completos y triples y permisos y su madre sabe qué más.

Curiosamente, lo que me parecía interesante era que todos y todas se habían divorciado; muchos de ellos en el proceso se habían vuelto alcohólicos rudos, tenían su vida privada hecha un desmadre, dos o tres divorcios, hijos regados, pensiones alimenticias que pagar y que mes a mes no se entregaban… Había sin duda una conexión económica en la que la traición tenía como sustento, aunque nunca lo reconocieran, el dinero, los nuevos salarios de hijos del sistema.

Pero el recuento se volvía simplista. Lo que me interesaba era cómo explicaban su salto mortal, cómo elaboraban una justificación que medio les permitiera verse al espejo del baño, ¿qué decían de sí mismos, qué le decían a su mamá? Jefa: me he vuelto muy puto, una mierda. ¿Y a su hermano, que seguía en las filas de la izquierda? ¿Cómo le hablaban al retrovisor del automóvil nuevo? ¿Se veían raritos en el reflejo del garrafón de Bacardí?

Historia por historia, aparecía un anecdotario extravagante: una madre superdominante que le había dicho durante años y años a su hijo que era un desastre, una decadencia con patas, y que ambos merecían más. Lo conocí bien. Tenía un sentido del humor bastante torpón. Reía sus propios chistes antes que nadie para evitar el silencio. Era sin duda una buena persona, excesivamente inseguro, necesitado de reconocimiento. Era abogado, y junto a su brillante carrera universitaria asesoraba sindicatos campesinos. Su vida familiar reventó, su vida académica estaba trabada. ¿Cómo dio el salto mortal en diez años hasta llegar a ser presidente del PRI?

Una amiga me cuenta disculpándose, y varias veces se pone al borde de las lágrimas. Cargó con la culpa de su jefe, un diputado progresista experto en economía que se pasó al PRI viniendo del PRD. Y se repite: ¿Cómo no lo vi venir? Y ahora todo mundo piensa que yo estaba en los enjuagues. Todo empezó en el Congreso: los priistas lo cultivaban: «Qué buen discurso, mano, qué buena intervención», y van comidas y cenas a cargo de las tarjetas y chíngale, el que era ronero le agarra o dice que le agarra el gusto al vino francés, ese saborcito que queda entre la primera y la segunda botella. Y luego comisiones, y primas por las comisiones del Congreso, y «Vamos a darte el voto para que vayas en la comisión de turismo a la Feria del Automóvil en Moscú» y cinco días de hoteles de lujo pinche y de putas muy guapas, y a los carnavales de Río (ahí menos putas porque las brasileñas son más decentes). No fue rápido, les tomó un año, y no fue el único, era una práctica habitual; finalmente fueron a su bolsillo y le ofrecieron para su hijo veinteañero un contrato para manejar los restaurantes del Congreso. Y ahí perdió. Mi amigo Paco dice que cuando prestas la nalga o la conciencia, te las devuelven averiadas. Un día se pasó de bando con todo y elocuente discurso de que hay mejores caminos para servir a la nación, y mi amiga no sabe debajo de qué mesa meterse porque era su jefa de asesores, la que hacía todo el trabajo y se le fue, se le escapó, comenzó a notarlo y no salió a tiempo de una relación que estaba envenenada.

Conozco casos de más de uno que tuvieron el coqueteo de diputados priistas que les enseñaron la diferencia entre las corbatas de seda italiana y las chafas hechas en Taiwán, o cómo se usaba la tarjeta a cargo de la institución para pagar comilonas con todo y coñac. Un gasto súper excesivo en peluquería, historias de concesiones a sus hijos para montar cafeterías en aeropuertos, acceso a información privilegiada sobre futuros desarrollos turísticos en la costa, y un recurrente «Ya me tocaba, tantos años de miserias, de estar pagando a plazos la Enciclopedia Británica».

A todos el sistema, que es roñoso y malandro, les cobró su brinco de barda, les dio tareas innobles: jefes de mapaches electorales, asesores del gobierno en las conversaciones de San Andrés contra los zapatistas, operadores de fraudes con dineros de desarrollo social. Muy, muy pocos hicieron carrera en el foxismo y la secuela pinche o el ridículo retorno fantasmal y grotesco del PRI.

Mi última recolección de datos incluía un fenómeno extraño. Muchos de ellos habían involucrado a sus hijos e hijas en el nuevo *bisnes* y esos aparecían en las secciones de sociales de la prensa, neojuniors y muchas *neojuniars* con fulgurantes carreras priistas.

190

El material para el libro no era malo. Pero algo me frenaba. Me sentía imposibilitado para meterme en el último rincón de sus cabezas. Para hacer el verdadero trabajo de un novelista, para rebasar lugares comunes e interpretaciones simples; para encontrar su nuevo lenguaje y sus justificativas versiones. El libro nunca se escribió, era por demasiado fácil demasiado difícil, necesitaba un algo de empatía con los personajes, que me salían caricaturizados, de mal realismo socialista. Me decía que habría que escribirlo, dudaba y contestaba: ¿Voy a malgastar un año de mi vida con estos culeros?

Me confirma la idea de que el dinero que no es hijo del sudor de tu frente, tus nalgas, tu garganta o las yemas de los dedos, es sospechoso, no hay gran riqueza inocente, diría Bujarin si hubiera sido mejor poeta y menos economista. Si no, que vea al rojo reconvertido que pasó por la guerrilla, vivió en la izquierda del movimiento urbano y terminó rindiéndose: se volvió chalán del PRI a buen sueldo, dejando botada a su compañera y tres hijos y se fue a un crucero por el Nilo con los dineros de una transa de unas falsas compras de bombas de agua para unidades habitacionales, acompañado por la que había sido su novia en la primaria, que ahora era panista.

68

LA UBICUIDAD (1992)

Cuidado, no sería mala idea controlar las palabras antes de que ellas te controlen. No te intoxiques con la propaganda que dice que tienes el don de la ubicuidad, cuando lo que tienes es la habilidad para que en una comida colectiva en la Semana Negra tomes en una mesa la sopa, en la segunda el guisado y en una tercera, alejada de las demás, el postre.

69

LLORANDO (1994)

Tras las elecciones del 94 en que Zedillo le robó la presidencia fraudulentamente a Cuauhtémoc Cárdenas, millares nos concentramos en el Zócalo. Ahí me encontré al Pino llorando de pura pinche rabia, de pura pinche impotencia.

No le faltaba razón. ¿Cuántas veces íbamos a tener que ganar una elección para ganarla?

70

ELLOS (1994)

Ellos habrían de llegar a los primeros años del nuevo siglo como quien llega pedo a un cumpleaños al que no lo han invitado y de jodida toca el timbre en la puerta de la casa de al lado.

Ellos habían acumulado tantas derrotas que tenía gracia volver a empezar una nueva aventura. A fin de cuentas era el país el que no les permitía traicionarse y traicionarlo, porque cada vez que el agotamiento pesaba más que la voluntad, desde las alturas o las catacumbas del poder se gestaba un crimen masivo, un fraude electoral, un mensaje mentiroso, un negocio turbio que involucraba a presidentes o gobernadores, transnacionales o millonarios no ilustrados. Cada insulto a la nación los sacaba de la cama y los lemmings de la izquierda, ellos, penosamente se iban arrastrando hacia nuevas confrontaciones con el negro monstruo del Estado.

El «error de diciembre» golpeó su ya muy golpeada

economía personal. Algunos perdieron a manos de los bancos la casa que penosamente habían estado comprando, se volvieron a divorciar con los consiguientes pleitos sobre quién se quedaba con cuáles tomos de la Enciclopedia Espasa y descubrieron, ellos y ellas, que si tenías siete tarjetas bancarias podías sacar de una para pagar los intereses de otra, con lo cual sus economías familiares no admitían la *sapienza* de haber leído un tercio del tomo I de *El Capital* años ha.

Ellos eran como el pelotón de una carrera ciclista que fuera perdiendo por la cola corredores afónicos, deshidratados, desgastados. En una cadena de derrotas que pareciera no sólo recurrente sino infinita.

Y sin embargo, muchos resistieron.

71

AMANECERES CON PRESEN
(1995)

En aquellos días yo escribía de noche, de las doce a las cuatro-cinco de la madrugada: eran horas de silencio, no sonaba el teléfono, no había citas ni compromisos. Estaba viviendo con nosotros Presen, la madre de Paloma. Toda su vida había sido insomne, probablemente desde que al final de la guerra de España caminó varios días por la carretera de la muerte que la llevaría de Cataluña a Francia, sufriendo bombardeos de los aviones alemanes. Aparecía con su tejido en la mano y su bata, y se sentaba a mi lado. Sufría entonces de pérdida de memoria inmediata, y con esos trucos que el cerebro juega estaba recuperando historias de su pasado.

Conversábamos bajo una foto del campo de concentración de Argelès, donde fueron retenidos los soldados republicanos españoles tras la derrota. Una foto maravillosa, con emociones que desbordaban el papel, donde miles de hombres alzaban el puño y gritaban anunciando que esperaban la próxima.

Yo reunía información sobre lo que sabía de aquellos años y teníamos las más apasionantes conversaciones.

—Nada, hijo, yo llevaba maletas por París y para que no me detuvieran llevaba un abrigo de astrakán que me había regalado una amiga, y como no teníamos medias, me pintaba con un lápiz la raya de la costura.

—¿Y qué tenían las maletas?

—Dinero, ¿qué va a ser?

—¿Y a dónde las llevabas?

—A Bugeda y con el chofer de don Inda.

Me imagino a la joven Presen recorriendo las calles de la capital de Francia con los maletines, maletotas, bolsas de viaje y su abrigo burgués, rehuyendo la mirada de los gendarmes que pedían «Papeles» a diestra y siniestra. ¿Era invierno? ¿1939? Ella había trabajado como secretaria en el ministerio republicano de Hacienda y permanecía vinculada a los militantes de la red de Indalecio Prieto y a los apoyos económicos a los españoles detenidos y el financiamiento de los barcos del exilio hacia América.

—¿Sabías que tu mamá era espía en París? —le digo a Paloma al día siguiente en la comida.

—Ay, hijo mío, que cosas dices —dijo mi suegra, muy propia.

Paloma miró a su mamá con renovado respeto.

WINSTON ACOMPAÑA A
ANDRÉS (1996)

Era fácil entrar en la cárcel de Villahermosa; como se demostró, no era tan fácil salir.

Yo estaba por allá porque le había ofrecido a *El Universal* hacer un largo reportaje sobre lo que estaba sucediendo. Bajo el liderazgo de un tal Andrés Manuel López Obrador, una enorme movilización popular se enfrentaba al gobernador y a los desastres de la política petrolera con manifestaciones y bloqueos de carreteras. La perforación de Pemex estaba llenando de agua salada zonas inmensas de cultivos, destruyendo economía y cosechas. Se venía de un asqueroso fraude electoral.

Durante tres días conversé con Andrés, a veces sentados en las escaleras afuera de una casa, en manifestaciones, en reuniones con comités locales. Me dio la impresión de un hombre que había encontrado su camino y que tenía una enorme empatía con el pueblo llano. A pesar de que su origen político era la Corriente Democrática del PRI, en los inicios con Cuauhtémoc. Se había convertido en un hombre del movimiento. Al tercer día me invitó a ir a la cárcel para visitar a los presos políticos. Nos dejaron entrar sin problemas a un enorme galerón donde había más de 50 hombres bajo un calor atroz, sin camisa y en calzoncillos; Andrés dio su nombre al entrar y yo, paranoico exsesentaiochero, me registré como Winston Churchill. Nos sentamos con ellos a platicar de dónde los habían detenido, los apaleamientos, la ausencia de juicios. Ellos pedían información sobre cómo iba el movimiento en las calles, y Andrés se los contaba una y otra vez. Al terminar la hora de visita salieron algunas mujeres, y a nosotros los guardias nos ignoraron. Se me hace que nos dejaron adentro, comenté.

Pasaron dos horas y nosotros seguíamos plática y plática, conmigo absolutamente convencido de que nos había tocado tanque en Villahermosa.

Finalmente, llamaron a la puerta a Andrés Manuel y a Winston. Puf.

Regresé a México, escribí el reportaje en tres capítulos y *El Universal* se negó a publicarlo, eso sí, me lo pagaban. Me negué a cobrarlo.

¿QUÉ PEDO CON LAS COCACOLAS?
(1998 O 99)

En lo que en un día fue el cinturón rojo de Milán, en el barrio de Sexto San Giovanni, enfrenté una ofensiva proletaria el día en que presentaba la edición italiana de *El Che*. Un enfurecido camarada me reclamó que por qué bebía cocacola, que era «sangre de vietnamita». ¡Órale, güey!

Desde entonces recuperé historias, vivencias y argumentos para explicar mi amor por los refrescos de cola, cocas, pepsis, turkishcolas, la cola de la Lulú, cherripepsis, las tukolas cubanas de Ciego de Ávila. Más allá de la simple explicación de que no bebo alcohol (no por anónimo, sino porque no me gusta y menos sus efectos) ni tomo café y en las noches cuando escribo fumo como bandolero y siempre tengo la boca reseca y además el azúcar da energía.

En la versión mejorada, viví como parte del equipo de apoyo una huelga de la cocacola en Tlalnepantla, las autoridades declararon el paro ilegal, por más legal que fuera y lanzaron a la montada contra los huelguistas que hacían guardia en la puerta. En mi borrosa memoria los compañeros comenzaron a lanzarle botellas de a litro de vidrio que al explotar al choque con el pavimento lanzaban pedazos de cristal como metralla. Y yo decía: «Calma, primero las bebemos y luego las tiramos», pero nadie me hizo caso y saqué impoluta la cabeza de puro milagro.

Añadía a esta historia el sabido gusto de Ernesto Guevara por los refrescos de cola, a los que se había aficionado en su infancia en Altagracia. Durante sus viajes por América Latina el doctor Guevara apreciaba las virtudes de los refrescos embotellados ante el agua frecuentemente contaminada que producía diarreas y enfermedades intestinales. No terminaría ahí su historia con los refrescos de cola; siendo ministro de Industria de la Revolución cubana se enfrentó a los trabajadores de la empresa en una caliente asamblea en que los acusó de estar produciendo un refresco con sabor a jarabe para la tos. En esa época se llamaba refresco prieto, luego Tropicola y finalmente tuKola. La plebe, que se llevaba fuerte con el Che, reviró: No había ingredientes, no había botellas, la maquinaria estaba obsoleta. Y se dieron un agarrón. Aunque hay acta de la asamblea, poco se sabe de los resultados inmediatos.

Una más. En plena campaña guerrillera en Bolivia, el Che manda una patrulla por delante a tomar un poblado y hacer compras en la tiendita de la comunidad. En su diario no se dice qué compraron. Leyendo otros diarios, creo que el de Pacho Fernández, descubro las compras: antiasmáticos, galletas de animalitos y pepsis.

Si las historias del Che con los refrescos de cola parecen interminables, también las mías. Durante algún tiempo recomendé a los colegas usuarios que no consumieran cocacola embotellada en la planta del Bajío. Me había llegado el rumor potente de que cuando Fox —en esos momentos presidente de la República— había sido gerente de la empresa, los descontentos obreros, cómo no habían de estarlo con ese personaje, meaban en los tanques y a eso se debía el regusto ácido, que bien pensado podía atribuirse con buena fe a unas gotas de limón. La historia me la había inventado, pero el rumor corrió.

Llegué para dar una conferencia a la Escuela Holden de Baricco, de creación literaria en Turín acompañado de Laura Grimaldi, y la malvada le apostó al director que yo podría adivinar de qué cosecha y de qué embotelladora era la cocacola que estaba tomando. Claro, ganamos la apuesta. No era la primera vez, en Hollywood Boulevard mi amigo Roger Simon había retado a los de la barra a que pusieran cinco dólares si su amigo, el escritor mexicano, adivinaba el origen de la cocacola que le iban a servir. Expectación, pero más de diez incautos sacaron sus billetes. Me sirvieron en un vaso bajo la barra. Puse cara de sabiduría y dije: Del año pasado, de San José y de lata. Tras la confirmación del barman y los aplausos de los que no habían apostado. Roger recogió la plata y salimos en chinga.

—Vamos al siguiente bar, compadre.

—No hay que tentar al destino —le dije.

74

LOS HIJOS DEL REY Y EL REPARTO
DE LA CHAMBA (2002)

Al iniciarse el año, al final de uno de los debates entre los candidatos a la presidencia del PRD, un grupo de compañeros alzó a Jesús Ortega en hombros mientras le cantaban *El rey*. Traté de adivinar en los rostros que mostraba la foto cuál era la perversión lambiscona que los motivaba. No podía creer en la espontaneidad de tal acción. Me equivocaba. Ortega, como los otros jefes de las tribus que entonces dominaban el PRD, tenía una base social emocionada que lloraba en las cantinas, se sentía identificada con su jefe de filas, odiaba con odio jarocho a los «caudillos» y a los «intelectuales de izquierda cultos», y creía que había llegado la hora de hacerles justicia, o sea, que les hicieran bueno el derecho a los salarios ganados por tantos años de entrega militante, que tocaban los sillones y las oficinas con ventana; pero sobre todo, los hombres del aparato creían en el supremo escalafón (de correveidile a cantarle *El rey* al jefe, a funcionario partidario menor, de allí a regidor en un ayuntamiento, de allí a los comités locales, a las direcciones estatales partidarias, luego diputado al Congreso, senador, presidente, etc., etc.). Ciudadanos que creían, desde luego, en la eternidad de la chamba.

Con un movimiento social en reflujo, sin lucha política ni base airada a la que responderle, muchos de los cuadros medios de la vieja izquierda se habían convertido en pálidas caricaturas de lo que fueron. De combatientes sociales pasaron a ser gestores, intermediarios y negociadores con el Estado como portavoces del movimiento, conseguidores de varillas y permisos, y pasaron de ahí a funcionarios partidarios. En plena crisis económica clasemediera, cuando había que completar el salario de profesores vendiendo enciclopedias y miel de colmena, la militancia profesional vino a salvarles la vida. Entonces el PRD debía tener al menos entre 12 mil y 15 mil funcionarios (en comités, consejos, comisiones, institutos y representaciones partidarias en ayuntamientos, cámaras estatales, delegaciones, Cámara de Diputados y Senado, más los asistentes y asesores), sin contar a los trabajadores del Estado en puestos de confianza en los lugares en los que habían asumido el gobierno y una horda de asistentes-canchanchanes.

Una buena parte de esta legión de profesionales políticos vive en una inercia: la de garantizar la continuidad del salario y el ascenso político. Se han desgajado de sus movimientos sociales originarios y actúan con la lógica de un aparato que ha cambiado las maneras de hacer política, que prefiere, en un crudo resumen, el desayuno con *grillas* a la huelga de hambre.

Alguna vez Trotski (y eso que no conocía a las tribus perredistas) se preguntó con singular mala leche que quiénes eran los propietarios de qué: ¿los diputados de la Duma de su sillón, o el sillón era el dueño de los diputados?

Esta nueva burocracia ex de izquierda obtiene, del control de grupos sociales a los que maneja corporativamente con labores de gestoría, un poder que se expresa en la estructura partidaria. Ellos han acuñado la pregunta «¿Cuántas canicas traes?», previa a cualquier proceso electoral, reparto de botín, alianza o negociación. Las canicas han sustituido a las «discrepancias».

En el partido de las canicas esencialmente se trata de tener acceso al aparato y, por tanto, a los procesos de selección y control. En el PRD, si no se tiene acceso al aparato, no se existe (con la pequeña salvedad de aquellos cuadros que tienen voz en los medios de comunicación).

En estos últimos diez años, y salvo contadísimas excepciones (entre las que podría contar a varios cientos de compañeros a los que estimo profundamente, como por ejemplo a Pancho González, Carlos Ímaz, Porfirio Martínez, Paco Saucedo, Paco Pérez Arce o Superbarrio), nunca oí en la discusión para otorgar un puesto, seleccionar a un candidato o proponer a alguien para que ejerciera una función partidaria, un análisis de su posición política, de su capacidad, de sus ideas. Sólo se hablaba de las cuotas, la pertenencia a una u otra tribu y los derechos adquiridos de esta.

Se cuenta que René Bejarano, jefe de filas de la más potente estructura tribal que ha tenido el PRD, posee un cuadernito en su permanente portafolio en el que anota deudas políticas y pagos de favores y compromisos. Si esta es una leyenda urbana perredista o no, el caso es que yo lo he visto a veces tomar pequeñas notas en el diminuto cuaderno. Algún día, bromeando, le dije que le iba a robar el portafolios para ver el cuadernito de los favores, y René, que es bastante simpático y tiene un cínico sentido del humor, me contestó que yo no sabría qué hacer con él.

«Democracia no, chamba para todos», pareciera el lema que anima a las corrientes que hoy controlan la vida política del PRD.

Quizá la imagen es apocalíptica y las prácticas de unos manchan a todos; quizá en este retrato se peque de exceso e injustamente se repartan adjetivos que los perredistas campesinos de Guerrero o Michoacán, luchadores sociales con trayectorias de 15 y 20 años en la resistencia, los mecánicos de mi cuadra, los que se reúnen en la escuelita de Tlalpan, el grupo Tacuba, algunas de las mujeres de la Y griega veracruzana, don Cipriano, los comités de la Huasteca, Manuel Oropeza, Roberto Rico y Leticia, del comité del DF, y tantos millares más, no se merecen; quizá cuando se habla de las corrientes se transmita una visión injusta que ignora trabajos, esfuerzos y luchas, pero lo cierto es que estas prácticas, dominantes hoy en el PRD, excluyen de la toma de decisiones a la inmensa mayoría.

El partido de las tribus, las canicas y los burócratas contamina a todos. Se han reproducido prácticas clientelares e incurrido en vicios que enérgicamente se le criticaron al PRI: he visto en estos años robo de urnas, compra de votos con cubetas de plástico, aparición de difuntos que votaban tres veces y otras marranadas al más puro estilo priista. No me parece que estas acciones fueran mayoritarias, pero manchaban continuamente todo proceso electoral. Y lo peor, a marranada de unos, respuesta marrana de los otros. Contaminación absoluta.

El PRD se ha convertido en un partido que sólo opera en plenitud en la lucha interna. En este proceso de descomposición burocratizante la lógica tribal y el reparto de cuotas domina la vida partidaria en buena parte de los comités; la base del partido no sólo no tiene acceso a la toma de decisiones, no tiene nexos dentro de la estructura organizativa, no recibe información y generalmente sólo se le requiere para votar en elecciones internas o externas y para cuidar casillas.

Los puestos en el aparato, las candidaturas a cargos de elección popular, los empleos en la administración pública en aquellos lugares donde el PRD gobierna, se han distribuido en muchos casos con una lógica de cuotas, excluyendo la idea de «los más capaces a los lugares indicados». Como en su día dijo Bejarano, respondiendo a la crítica del bajo nivel de los representantes en la Asamblea Legislativa del DF: «¿Para qué hacen falta cuadros políticos cuando existen celulares?».

Se cuenta que en el prólogo a una elección en Puebla, siendo Bartlett el gobernador priista, sus *mapaches* le advirtieron que corría el riesgo de perder varias circunscripciones a manos del PRD, a lo que contestó: «¿Cuántas corrientes tiene el PRD en esos lugares?», y le respondieron que tres. A lo que propuso: «Regálenles dos camionetas, y mientras se pelean para ver a quién le tocan, nos los chingamos». Yo nunca vi las camionetas, pero sea o no cierta la anécdota, el caso es que ese año las elecciones se perdieron en Puebla.

75

COMO ZAPATOS (2002)

Estábamos en un programa de radio hablando sobre el IVA a los libros. El representante de la política oficial del gobierno era un subsecretario de Hacienda, el gordo Agustín Carstens, que luego sería ministro y más tarde director del Banco de México. Yo había defendido el «IVA no» con argumentos sencillos: Así no se fomenta la lectura, que es un tema prioritario en nuestro país; los dineros que le produciría esa recaudación en el presupuesto eran insignificantes; que los libros eran un bien cultural y sólo secundariamente comercial. Pero para ellos, neoliberales de caverna, era un problema de principios.

—Usted no entiende nada, señor Taibo. ¿Por qué no ponerles IVA a los libros? Los libros son un producto comercial y como tal concurren al mercado. ¿Por qué tendrían que estar exentos? Los libros son… como los zapatos —dijo Carstens.

Y yo pensé *Esta es la mía*, y reviré:

—El que no entiende nada es usted, y le pregunto: ¿qué zapatos ha leído últimamente? ¿Ha leído unas botas de tacón cubano? ¿Sus hijos leen unos tenis? ¿Su esposa lee unos escarpines?

Carstens, muy enfadado y sin duda molesto porque la silla que le habían ofrecido le quedaba estrecha, se levantó y salió del estudio.

Aproveché para informarles a los radioescuchas que no podían ver su huida, lo que estaba pasando y sugerir otras 20 clases de zapatos que podía leer mientras ganábamos el «IVA no». ¿De dónde había sacado yo lo de los escarpines?

TODA HISTORIA ES PERSONAL
(2004)

Cuando avanzó el párkinson, mi padre empezó a depender de la silla de ruedas y yo con amor a empujarla. Uno de los pocos rituales que fuimos construyendo consistía en que él recababa en la cocina de su casa una bolsa de pan duro y con ese material íbamos hasta el Parque España hacia una fuente donde había unos cuantos patos. Por ahí nos debemos haber encontrado con la vecina Rocío, la Capitana Marvel.

No se trataba, como cualquier inocente testigo hubiera pensado, de alimentarlos. El jefe, a pesar de sus problemas crecientes de movilidad, perseguía a los patos ejerciendo su puntería para darles un descontón con los pedazos de pan duro, disimulando cuando otros ciudadanos pasaban. Yo, que siempre he sido mucho más franciscano que él (en casa mis padres nunca tuvieron gatos ni perros ni pececitos de colores, a lo más últimamente un canario que no cantaba), vigilaba avergonzado a los paseantes. Y el jefe, ¡zas!, directo en el cogote de un pato que huía ante el descarado bombardeo. Les tiraba pedazos pequeños sin ánimo de lesionar, pero lograba finalmente quedarse a solas con la fuente.

En uno de esos recorridos, me preguntó:

—¿Qué quieres hacer con tu vida?

—Si dejas de tirarles a los patos, te contesto.

77

BACH (2005)

Nunca he podido escaparme de asociar la música a motivos y razones extramusicales, casi siempre literarias. No poseo la capacidad de abstracción para escuchar música pura, si tal cosa existe, necesito contaminarla con nombres, imágenes, anécdotas, cuentos, historias y recuerdos. Me fascina la *Octava* de Mahler y siempre la relaciono con la resistencia al Holocausto y el orgullo antisectario. Mientras la escucho no puedo dejar de verlo en la foto que cuelga en las alturas de mi despacho y donde Gustav la dirige en 1910 en Múnich, cuatro años después de que la compuso y rompiendo los prejuicios que causaba su origen judío.

Asocio el *Primer concierto para piano y orquesta* de Chaikovski a su condición de homosexual reprimido obligado a casarse con una condesa rusa, y cómo transforma la desesperación y la depresión en una genial progresión de emociones.

Me encanta el «Coro de los esclavos» de Verdi en *Nabucco* por la historia que se cuenta sobre su estreno: cómo se filtró la partitura, cómo cuando estaba dirigiendo las galerías de La Scala hicieron suyo el coro en una manifestación contra el imperialismo austriaco y él se vio obligado a darle la espalda a la orquesta para dirigirlos.

Pero no podía con Bach. Tardé 20 años en aceptar la versión de Ignacio Lavilla de que la clave estaba en las ocultas emociones de Bach bajo sus geometrías racionales. Nomás no, y me defiendo con el archisabido que «de gustos y de colores...». Hace unos meses conseguí en una tienda, que asiste regularmente a las ferias de la Brigada para Leer en Libertad y promueve geniales saldos y descuentos, las *Suites para chelo* de Johann Sebastian tocadas por Pablo Casals reunidas en dos volúmenes. En la portada del disco un jovencísimo Casals, con el mástil de su chelo a la derecha y vestido de frac, se deja mirar. Se parece a mi tío de joven, sobre todo en la mirada, mezcla de afirmación de existencia y curiosidad. Oí la primera. Recordé nuestra conversación y me rendí. La bauticé «la Ignacio Lavilla», *Primera suite* para chelo de Bach y Casals, también conocida como «la No estamos solos». No he confesado esto a nadie.

La eternidad es esta suave presencia que algunos seres humanos dejan detrás de la muerte. Mi tío abuelo me acompaña con tanta frecuencia que nunca se ha ido.

PANCHO VILLA EN GÓMEZ PALACIO Y SALTILLO (2008)

Gerardo Segura detuvo el coche y me dijo:

—Tienes que hablar con esa señora.

Yo dudé, íbamos a llegar tarde a la presentación del libro y no tenía mucho sentido detenernos a mitad de Gómez Palacio, Durango, frente a un puesto de gorditas, donde una mujer, un poco tiznada por el comal, hacía tortillas, laboriosa.

—Dígale, seño —dijo el Jerry—. Él es el del libro.

La señora sacó un ejemplar de mi biografía de Villa muy manoseado y me lo mostró.

—Está muy bueno, ya lo leyó mi esposo y mi hija… Nos lo recomendó el general.

Mientras se lo firmaba me quedé pensando qué general andaba recomendando mi libro. No resistí.

—¿Qué general, señora?

—Pancho, pues. Nosotros somos espiritistas y hablamos con ellos. Madero nunca viene, pero Pancho sí se aparece seguido. Y nos dijo: «Este libro está bien bueno».

Me despedí con abrazo y todo. Ya en la presentación, no me atreví a mencionar que Pancho Villa recomendaba mi libro. Culero que es uno.

A lo largo de todo Chihuahua y Coahuila había estado firmando a herederos cercanos y lejanos del caudillo. No en balde, según mis minuciosas investigaciones, Villa se había casado 27 veces y al menos había tenido 26 hijos. Me acompañaba Gerardo, cronista de esas andanzas. Firmando en Saltillo, se apareció un hombretón con regio sombrero y aseguró que él era heredero de Pancho. Seguí la rutina y le pregunté de dónde era, qué línea de herencia era la buena, si la de Luz, la de Juanita… Me dio una confusa explicación y firmé: «Para el heredero de Pancho Villa».

Segura me preguntó:

—¿Tú crees que era heredero de veras?

—No, seguro que no es, ¿pero viste lo contento que se fue?

79

SEGUIREMOS HABLANDO,
CARLOS (2008-2010)

Una vez, Carlos Montemayor, te dije que viejos rojos, viejos rockeros y viejos novelistas nunca mueren, y me propusiste que añadiera a la lista a los cantantes de ópera. Tengo que confesarte que nunca lo hice.

Estábamos en una gira enloquecida por Italia de presentaciones cruzadas de nuestros últimos libros y teníamos un montón de pactos: yo rechazaba las copas de vino y a ti te tocaba doble; nunca repetíamos la misma presentación y hablábamos de política cuando esperaban que habláramos de literatura, y a la inversa. En algún lugar descubriste un piano y a un pianista, mezclamos defensas de los zapatistas con reflexiones sobre la novela y luego te pusiste a cantar arias de óperas de Verdi ante un grupo de entusiastas adolescentes sentados en el suelo que parecían estar muy contentos de que los intelectuales de izquierda mexicanos fuéramos tan poco serios, desmadrosos y heterodoxos.

Me unía a Carlos una sólida y jocosa amistad, nacida con malentendidos, porque nos habíamos peleado en un salón de Mérida entre los cultos y los escritores policiacos, porque nos habían programado a la misma hora. Luego leí *Guerra en el paraíso*; como bien sabes, me deslumbró y nos sentamos a discutirla, nos hicimos muy amigos y escribí un encendido elogio de ella en una revista. Y fui a *Mal de piedra*, a tus poesías y tus exploraciones sobre los gnósticos. Y terminamos recorriendo medio país en encuentros literarios y políticos.

Seguí de cerca tus historias del asalto a Madera y su secuencia en las Islas Marías, las que fuiste publicando, y el inédito que tenías en las manos donde querías que el protagonismo lo tuvieran las mujeres. Me emocionaba mucho esa pasión por que la historia no quedara enterrada, por convocar el retorno de los muertos y reivindicar sus vidas. Lo hablamos en aviones, trenes y automóviles por medio planeta.

Pero no todo era excesivamente serio en nuestras andanzas comunes. Tengo que llevarte el prometido video donde en la ceremonia de clausura de la Semana Negra en Gijón cierras la informalidad cantando el brindis de *La traviata* con una botellita de pepsi en la mano.

En ese mismo viaje, después de mostrarte las virtudes de la fabada (ambos éramos más glotones que *gourmets*), se me ocurrió repetir la perogrullada de Vasconcelos de que donde en el norte empieza la carne, termina la civilización, y que por tanto la comida chihuahuense no existía.

Carlos se sintió ofendido y me retó: «Volviendo a México, yo invito». Terminamos en la colonia Roma Sur, en el único gran restaurante chihuahuense en la Ciudad de México, La Batalla de Tequila, donde Raúl Vargas dijo: «Ahora de todo», y arrancamos con caldillo, pasamos al sirloin con chile pasado y asadero con tortillas de harina gigantescas y más guisos. A la hora y media dije: «Me rindo, Vasconcelos estaba pendejo» y salimos por la escalera casi de rodillas.

Fue entonces cuando me contaste tu teoría de por qué los chihuahuenses o los coahuilenses o los norteños de Durango o Sonora no han tenido problemas para apropiarse de la cultura helénica. «Estás ahí sentado a la puerta del rancho —decías—, y ves pasar a una vaca. Y no es de nadie. ¡Zas!, te la apropias Y luego ves pasar a lo lejos un ejército de hombres sudorosos con armas de bronce que apenas brillan en el sol que se acaba, y zas, te los apropias. Y te encuentras de repente con que la *Ilíada* y la *Odisea* son tuyas». La teoría resultaba fascinante y siempre intenté encontrarle un complemento que explicara que los que nacimos mirando al mar tenemos la misma posibilidad de apropiarnos de lo que va pasando en piraguas, falúas, veleros o vapores. Nunca te la he contado.

Me quedan siempre cosas por decir. Llego siempre tarde a todo: a los homenajes, a los recuerdos, a las conmemoraciones de cumpleaños, al dolor de la pérdida, a la memoria. Es la condena del que espera una segunda oportunidad. Sea esta una vez más. Pero estate tranquilo, añadiré a los cantantes de ópera a la lista de los que nunca mueren, te seguiré leyendo, me seguiré olvidando de llamarte por teléfono para aquella comida que tendríamos en casa, que habría de ser esta semana y que no podría ser cena y en la que Paloma había prometido lucirse en la cocina porque quería agradecerte la larga conversación solidaria que tuvieron cuando fue despedida hacía unos meses.

Y seguiré conversando contigo en las noches, como hago con tantos otros.

Y de repente me llama Andrés y me dice que si puedo leer un texto que me va a enviar en un sobre. Y lo abro cautelosamente, y desde el más acá apareces con *Las mujeres del alba*. Coño, lo terminaste. Y se van saliendo las lágrimas mientras lo leo. Y cuando lo termino, voy al teléfono y no sé bien qué hacer, adónde llamarte para decirte que nuevamente lo habías logrado. Y a la espera de que me pases el nuevo número de teléfono, te lo escribo.

Tu desaparición me deja una herida que repercute en pensar que en tiempos como estos el país necesita más intelectuales de izquierda como tú o un otro Carlos, Monsiváis. Y que tengo que añadir a los cantantes de ópera entre los que nunca mueren.

80

PAPÁ (2008)

Al final, todas las historias son personales. La muerte volvió a ser injusta en noviembre, cuando fallecía mi padre tras una larga enfermedad. Murió dos veces: al amanecer me tocó revivirlo la primera con la ayuda de un enfermero, imposible la segunda. Se iba un hombre esencialmente bueno, honesto, maravilloso padre y permanente maestro. Y su muerte me añadía nuevos miedos: a quedarme sin guía, a perder el afecto. Miedo continuo a olvidar tantas cosas. Como cuando dijo que el periodismo era el ojo de los ciegos en manos de un montón de idiotas.

81

EL INICIO DEL CONFLICTO ELECTRICISTA (2009)

Otro informe

«Como todo el mundo sabe, el origen de este conflicto se debe a los privilegios del sindicato de electricistas», dice una locutora en la radio con una voz un poco chillona.

¿Qué es lo que sabía todo el mundo?

Hace escasos cinco minutos la Secretaría de Gobernación intimida a los trabajadores electricistas informándoles que se porten bien en la próxima manifestación o que se atengan a las consecuencias y cada media hora un anuncio del gobierno federal invita a los electricistas a que recojan su liquidación, porque si no, se van a quedar sin nada. Poco después un grupo de conocidos panelistas le da vueltas interpretativas al conflicto; durante media hora analizan si el SME puede sumar nuevas fuerzas, si el PRI se va a desinteresar huyendo del asunto, si se está sacrificando al ministro del Trabajo; pero nunca, ninguno de ellos va al corazón del asunto, nunca se hará en voz alta la pregunta clave: ¿quién tiene razón? ¿El gobierno al disolver Luz y Fuerza del Centro o los electricistas al defender sus puestos de trabajo?

Pareciera, nuevamente que lo esencial les importa un bledo.

Y así ha sido a lo largo de un mes, el bombardeo, los argumentos reiterados, pero nunca explicados, las nubes de humo, las verdades a medias, las mentiras «completas». Hacía mucho tiempo que la maquinaria del Estado no nos soltaba a los perros de la guerra del verbo y de la tecla, con la intensidad con la que los ha lanzado.

Con todo cinismo nuevos *spots* de radio habrían de aparecer con la anónima voz de aquella que promete que «ahora sí» no nos van a cobrar de más y que «ahora sí...». Y trabajaban sobre la parte dolida de los consumidores que habían estado sometidos a los abusos de la compañía durante años.

¿Pero para corregir estos abusos había que disolver la empresa y desaparecer el sindicato? ¿Eran los trabajadores, ahora despedidos masivamente, los responsables?

Los argumentos del presidente Calderón, pues esta sin duda era una apuesta presidencial que llevaba tras de sí a los ministros del Trabajo, Energía y Gobernación, eran además de reiterativos muy extraños.

Decía que el sindicato no era democrático, las pasadas elecciones internas habían sido confusas y estaban siendo criticadas por la oposición. ¿Y luego? ¿Era ese un argumento para disolver la empresa? ¿No era representativo? ¿Y entonces cómo se explican este mes de resisten-

223

cia, esta participación masiva de los trabajadores a pesar de represalias, amenazas?

Decía que la empresa no era eficiente.

Sin duda se trataba de una empresa ineficiente que operaba con números rojos y que ofrecía un servicio en muchos casos mediocre y doloso a los consumidores. Bueno, resulta un argumento un tanto discutible, porque con parámetros como ese, ¿por qué no disolver Pemex, la Secretaría de Hacienda o la propia Presidencia de la República, cuya ineficiencia a lo largo de estos años se mostrado de una manera patética?

Ambas afirmaciones eran verdad relativamente, y se convertían en una potente mentira. ¿Era ineficiente? ¿Por qué entonces no se había despedido mucho antes a los directores generales, a los gerentes, a los directores de las sucursales? ¿Por qué el desastre en la facturación, que en la mayoría de los casos dependía de los empleados de confianza y que había mantenido en estado de permanente irritación a los usuarios, no se había corregido desde arriba?

La liquidación de la empresa costaba millones, muchísimos millones de pesos. ¿No habría nada mejor en qué gastarlos? ¿No era todo absolutamente absurdo? ¿No era mejor tratar de ajustar una empresa deficitaria que liquidarla con inmensos costos? ¿No resultaba delirante poner en la calle a 44 514 trabajadores en un momento en que la nación lloraba por el desempleo?

Porque la materia de trabajo persistía. Había que seguir

dotando de energía a millones de mexicanos. Entonces, ¿por qué destruir la empresa?

Resultaba insultante hablar de los altos salarios de los trabajadores (¿a usted le parece escandaloso hablar de 5 mil pesos mensuales para pagar a un trabajador especializado?), obtenidos a lo largo de 70 años de lucha en una sociedad en la que un alto funcionario gubernamental tiene salarios de escándalo.

¿Y no era deficitaria la empresa, entre otras cosas, porque le pagaba muy caro a Comisión Federal de Electricidad la energía que luego distribuía? ¿Y no era deficitaria porque se le daba luz gratis a la residencia presidencial de Los Pinos, las secretarías de Gobernación, Hacienda, Agricultura, Trabajo, Defensa Nacional y la Procuraduría General de la República? ¿No había grandes hoteles que por decisiones superiores no pagaban la luz, al igual que periódicos y empresas como Nextel, Aurrerá, Suburbia, Radio Móvil Dipsa, Salinas y Rocha y Elektra, y hasta la Torre Mayor de Reforma?

¿Quién daba las órdenes para que unos pagáramos y otros no pagaran?

¿Eran los trabajadores los que permitían tarifas desorbitadas para algunos, errores permanentes en el cálculo de lo que se gastaba, y tarifas de privilegio o conexiones directas para otros? ¿O eran gerentes generales, directores, directores de sucursales?

¿Y por qué esta urgencia de liquidar? ¿Y por qué la oferta de recontratar? ¿Por qué si el origen fue el conflicto

225

laboral, desde seis meses antes se estaba entrenando a miembros del ejército en el cableado subterráneo?

Había argumentos, pero eran sin lugar a dudas, falsos. El gobierno de la nación mentía.

Y los mexicanos, que somos paranoicos porque sabemos con total certeza que la injusticia nos persigue, nos preguntábamos y nos seguimos preguntando: ¿qué es lo que no brilla en la superficie?

Parecía evidente que el gobierno al disolver la empresa tenía como interés principal destruir a un sindicato democrático, y tras esta medida proceder a una privatización de parte del sector eléctrico. Querían abrir las futuras redes digitales a empresas transnacionales en alianza con grupos empresariales mexicanos. ¿Es cierto que una empresa llamada WL Comunicaciones, propiedad de connotados panistas como los ex ministros de energía Fernando Canales Clariond y Ernesto Martens, tenía ya un contrato para desarrollar 1500 kilómetros de redes? ¿Es cierto, como se ha señalado con frecuencia, que el director de la Comisión Federal de Electricidad, Elías Ayub, ha estado involucrado en negociaciones con empresas españolas para privatizar el sector?

A pesar de las cifras que se ofrecen, 22065 trabajadores han demandado al gobierno pidiendo la reinstalación de su trabajo coordinados por el sindicato y otros 3700 lo han hecho de manera individual, a los que habría que sumar 14 mil jubilados que también se ampararon.

A pesar de la inmensa cantidad de palabras que al

tema se han dedicado, hay decenas de preguntas que no se han hecho y muchas que no se han contestado. ¿Quién está suministrando el fluido eléctrico al Valle de México bajo la protección de miles de policías? ¿Es verdad que no hay trabajadores de la Comisión Federal de Electricidad? Tan sólo técnicos de confianza que dirigen cuadrillas, y empresas patito a las que se les han prometido futuras contratas. ¿No se ha producido ya de hecho una privatización? ¿Es cierto que algunas de estas empresas han traído trabajadores extranjeros, se dice que de Guatemala y Honduras, y que estos no tienen permisos de trabajo? ¿Está el gobierno violando las leyes laborales con todo descaro? ¿Qué salarios tienen estos trabajadores? ¿Qué contratos? ¿Es verdad que a lo largo de este primer mes de conflicto han muerto trabajadores en accidentes y esto se ha mantenido oculto?

El gobierno mexicano montó una conspiración para privatizar la distribución de energía eléctrica en el Valle de México y estados cercanos, y para destruir un sindicato democrático que le estorbaba en el proceso: no se tocó el corazón para despedir a 44 mil trabajadores, gastó y gastará millones y millones de pesos de manera absurda. Y para lograr estos objetivos violó las leyes, engañó y mintió a los mexicanos.

He marchado el 15 de octubre y el 11 de noviembre de 2009 y me he encontrado con unos mexicanos como yo profundamente irritados; muchos miles, muchos, muchos miles.

82

LOS LIBROS DEL JEFE
(23 DE ABRIL DE 2009)

Mi padre murió hace cuatro meses y la vida familiar ha tenido que reorganizarse sin él. Mi madre decidió cambiarse a una casa más chica y por lo tanto nos vimos ante la necesidad de deshacer su gran biblioteca. En una reunión muy familiar y muy democrática, como es tradición, nos preguntamos qué le hubiera gustado a papá. Mi madre se quedó entonces con la parte de la biblioteca que reunía las obras del jefe en sus muchas ediciones, los manuscritos, las notas de trabajo, los originales, los libros de sus amigos íntimos. Mi hermano Carlos fue responsable de organizar su gran biblioteca de cine, que incluía millares de revistas y millares de fotografías y hacer una entrega a la Cineteca Nacional. Mi hermano Benito fue responsable de organizar su biblioteca de poesía y la entregamos a la Casa del Poeta. Su biblioteca de temas asturianos fue a dar al Ateneo Republicano Español. Sus colecciones de viejos periódicos mexicanos fueron a dar a mi casa. Decidimos vender su biblioteca de gastronomía y las enciclopedias y diccionarios. Tras esto quedaron unas cien cajas de libros, básicamente novelas, cuentos, ensayos sobre temas sociales, teatro, historia, política. Y decidimos sumarnos a la iniciativa de Para Leer en Libertad, y junto a otros autores de la Ciudad de México regalarlos el 23 de abril en la glorieta del metro Insurgentes. Pensamos que eso le hubiera gustado a papá; eso sí, siempre con una mirada sospechosa sobre los receptores del regalo, pensando: «¿Pero este tipo peludo seguro que quiere leer a Voltaire? ¿Y ese libro que tanto trabajo me costó conseguir estará en buenas manos cuando ese señor de barba se lo lleve?». Y feliz al descubrir la amorosa manera que una adolescente tendrá al llevarse los *Veinte poemas de amor* de Neruda. Se había citado a las doce, pero a las diez había ya colas inmensas.

Mi padre pensaba que si tú un día le regalabas un libro al cartero, al paso de los años alguien te regalaría un libro en el metro, que la sociedad era por naturaleza retribuidora de favores, esencialmente solidaria. Una vez, en Nueva York, papá me había dado una extraña lección. Estaba tomándose una cubalibre en un bar y le dijo al cantinero que le sirviera otra a un señor que estaba triste en una esquina.

—¿Lo conoces?

—No, pero un día estaremos en Hong Kong y otro señor de la esquina de la barra me invitará una a mí. Es la rueda del karma.

Nunca fuimos a Hong Kong, pero años más tarde regalamos su biblioteca.

83

NUVOLARI EN LA AVENIDA ÁMSTERDAM (¿CERCA DE 2010?)

La avenida Ámsterdam en la colonia Hipódromo Condesa de la Ciudad de México nació ovalada. Cuentan que originalmente, lo hizo a mediados de los años veinte del siglo pasado, fue un hipódromo o una pista de carreras de autos. Últimamente el camellón central era uno de los más bellos del mundo hasta que los vecinos tuvieron un ataque de furor ecológico y se dedicaron a plantar árboles a lo pendejo, obteniendo un resultado más bien amazónico en que una planta le quitaba el sol a otra.

Resulta un sinfín de Escher para no nativos automovilistas, motociclistas y bicicleteros tarados, que saben cómo entrar pero no cómo salir. Cuentan también que la redacción completa de una revista político-literaria (¿sería *Vuelta*? ¿*Nexos*?) lleva varios años perdida en el óvalo, dando vueltas dentro de un lebaron que consiguieron con el pago de un trabajo que nunca hicieron para un supuesto programa de estudios coordinado por el gobierno de Canadá y que el gobierno mexicano gentilmente les convirtió en una beca. Traen la cajuela repleta de latas de cerveza vacías que no saben bien a bien dónde tirar por miedo a que los policías esquineros se los fundan. Han logrado sobrevivir porque en el óvalo, cerca de la avenida Sonora, hay una gasolinera a la que llegan de vez en cuando. Y se atiborran de papas fritas y Gansitos Marinela.

Nunca me he tropezado con los de la revista, que seguro estarán esperando que alguien de la ex Secretaría de Gobernación del ex gobierno priista los saque de ahí. Pero en una tarde de niebla he visto pasar a Tazio Nuvolari al volante del mítico 24 rojo de la Alfa Romeo. Supuestamente no puede estar ahí, Tazio murió en el 53, pero cosas más raras suceden en la Ciudad de México. Y puedo asegurar que a pesar de la velocidad con la que tomó la curva en la esquina de Parral, ahí estaba el genio de Mantova, el corredor de coches que más accidentes había tenido en el mundo, más veces había sangrado, roto los huesos, con su gran sonrisa toda dientes y las antiparras enormes.

Si se cruzó con los de la revista, estos no se enteraron, no tienen capacidad para ver la grandeza en su permanente y culterana mediocridad chambista.

84

DE CELEBRACIONES, RESTOS
Y OROPELES (2010)

Si algo caracterizó a la nacoburguesía que cuando esta historia se cuente nos gobernaba, era su analfabetismo histórico, su incapacidad de verse en el pasado, su ausencia de identidad; incluso su falta de habilidad para montar una retórica rimbombante y fraudulenta al viejo estilo priista. Sus escasas e inconfesables nostalgias los aproximan (a los menos lerdos de ellos) al obispo Labastida (aquel que organizaba tedeums para el ejército imperial francés), al príncipe y palero de Maximiliano, Félix de Salm-Salm (quien a pesar del apellido ridículo usaba una casaca bordada en oro chingoncísima), al ecuánime José Yves Limantour (banquero de banqueros porfiristas y además con apellido francés) y a Ramón Corral (*self-made* norteño que instrumentó el genocidio yaqui en 1906), y difícilmente los acercan al cura ilustrado e indigenista Miguel Hidalgo, que puso en armas en 15 días a 25 mil indígenas; al irónico y lúcido Guillermo Prieto, ministro de

Juárez, que tras haber cuidado de los dineros del país fue enterrado con un gabán al que le faltaban dos botones; o al iluminado Ricardo Flores Magón, que llegó a decir que el abismo no le molestaba, que era más bella el agua despeñándose.

De tal manera que, situados ante la incómoda obligación patria de celebrar el doble centenario (en México un gobernante puede comprar castillos en Francia, ser asesino o pedófilo, pero no ignorar las rutinas de las tradiciones), apelaron a sus escasos recuerdos de la educación primaria (Lujambio incluido) y los mezclaron con los viajes que habían hecho con sus papás a Disneylandia y con la otra gran tradición nacional, el estilo de los brujos del espectáculo: más real que la realidad, según ha afirmado por los siglos de los siglos Televisa. Con este sorprendente material entre las manos, a trompicones les fue saliendo un seudofastuoso conjunto de actos en los que se han consumido y habrán de quemarse muchísimos millones de pesos, que incluyen partidos de futbol, renombramiento de calles ya nombradas, espectáculos pirotécnicos, exposiciones como las que se hacen en galerías inglesas, iluminación de santuarios en Guanajuato, celebraciones del águila calva, libros sobre la biodiversidad en Campeche y partidos de la NBA en Chihuahua (si Villa viviera, capaz que hasta al árbitro le entraba a tiros).

Y usaron al fiel compañero de toda propuesta televisiva, que Paul Joseph Goebbels, ideólogo del nazismo, ya les había diseñado: la reiteración hasta el hastío.

233

Hace cien años sólo gastó 20 millones de pesos, pero eran de los pesos de entonces. Y propietario de la locura senil del viejo régimen Porfirio Díaz decidió tirar la casa por la ventana (total, si el país era suyo): ofreció telégrafo gratis a los ilustres visitantes, iluminó la ciudad y organizó bailes en los que los ricos bailaban y los pobres miraban; creó desfiles y arcos triunfales, «sacó a 1 200 mendigos y sifilíticos de la zona asfaltada» con ayuda de la policía, y a los que no estaban bien vestidos no los dejó pasar a los festejos. Un compendio de derroche y «buenas costumbres». De España retornó la casaca de Morelos y el sah de Persia envió embajador. En el baile de Palacio Nacional se colocaron 30 mil estrellas eléctricas y sonó la campana traída de Dolores.

Por cierto que los jolgorios se iniciaron, en septiembre de 1910, con la creación de un asilo para locos, una cárcel y una estación sismográfica. Para que luego no digan que en México lo simbólico no juega en primera división.

Hace cien años era así, y sin embargo uno no puede evitar sonreírse ante el parecido en las maneras de entender la fiesta de la Independencia de aquel y de estos.

En esta repetición como farsa del pasado, ¿lo que era farsa se vuelve superfarsa? El último acto de nuestros federales en esta poco sutil imitación porfiriana fue una pieza peculiar: «¿y por qué no pasear las osamentas nacionales?». Queda bonito, con cadetes del Colegio Militar en uniforme de gala, sacar a pasear los restos de los caudillos de la Independencia.

234

Y los sacaron.

Pero más allá de las inexistentes virtudes del culto a los muertos, que no a las ideas, había algo torcido en los huesos de esa urna.

El ceremonial se había producido originalmente en 1823, pero tenía un sentido profundo: reivindicar a Hidalgo, Morelos, Allende, Matamoros, Abasolo y Jiménez como autores de la Independencia, contraponiéndolos a la figura de Iturbide.

El 19 de julio de 1823 se exhumaron los restos, en el panteón de Chihuahua, de Hidalgo, Allende, Aldama, Jiménez y del panteón de San Sebastián en Guanajuato se sacaron de la tumba los cráneos de los cuatro fusilados. Por primera vez, esqueletos y cráneos se reunieron. En el camino se recogieron los restos de Francisco Javier Mina y de Pedro Moreno. De Ecatepec fueron traídos a la Ciudad de México los huesos de Morelos.

Hay constancia de que se trataba de una sola urna con los restos mezclados («una caja que se conducirá a esta capital, cuya llave se custodiará en el archivo del Congreso»); no hubo mucho rigor en los desentierros, huesos mezclados, pérdidas. Poco después la urna se depositó en la capilla de San Felipe de Jesús y luego pasó al Altar de los Reyes, siempre en la Catedral Metropolitana.

Casi cien años más tarde, en 1911, una exploración de los restos, encabezada por funcionarios del Museo Nacional y probablemente ordenada por Porfirio Díaz, descubrió «un gran desorden», donde encontraron un ataúd negro con cordeles, una urna negra vacía, una urna destrozada y una más cubierta por restos de albañilería.

Supuestamente se habían sumado a los restos originales a lo largo de los años nuevas osamentas, pero en el proceso se había producido más de un desastre: los restos de Matamoros fueron olvidados en el traslado original, más tarde supuestamente recuperados, pero faltando el cráneo, que luego, y de nuevo supuestamente, apareció muchos años después en manos de un presbítero, que dijo haberlo guardado para que no lo dañaran los albañiles. Cráneo al que se grabaría una «M» con buril. Es muy posible que se encuentren desaparecidos los restos de Morelos, probablemente robados en la etapa imperial por su hijo, Juan Nepomuceno Almonte. El que se dijo era el cráneo de Hidalgo, sin duda no lo era porque mostraba un tiro de gracia y según narración de su ejecutor, Pedro de Armendáriz, la culminación de su fusilamiento en Chihuahua le fue dada por dos soldados, poniendo la boca del fusil sobre el corazón; el cuerpo de Hermenegildo Galeana nunca llegó a la Columna de la Independencia y desapareció de la lista de los caudillos porque su cadáver decapitado había sido abandonado en pleno campo y fue enterrado por compañeros en las cercanías de un salitral, cerca de Coyuca y los que lo hicieron fueron capturados y luego fusilados, dejando en misterio el paradero. Otro tanto sucedió con la desaparecida urna que llegó en 1843 del panteón de Oaxaca con los restos de Vicente Guerrero. Y por si esto fuera poco, hay registro de que otra de las urnas de cristal fue perdida en 1895. Para acabar con esta chapuza histórica, los nombres enlistados en la columna fueron 12 y no 14, omitiéndose los de Víctor Rosales y Pedro Moreno. Habían quedado fuera, sin razones claras, los de Guadalupe Victoria, Albino García e Ignacio Rayón junto a tantos otros que merecían el reconocimiento.

Y aun así, los federales dispusieron el paseo.

Si querían poner orden en los desastres originales, no lo hicieron, no se intentaron los largos procesos de reconocimiento usando técnicas de reconstrucción facial a partir de los cráneos o el intentar pruebas de ADN (tedioso trabajo que implicaba buscar a los herederos). El INAH se limitó a darles tratamiento a los huesos antes de que se volvieran polvo, y la reconstrucción histórica de quiénes y qué es lo que allí había no se hizo pública. Eso sí, el ministro de Educación aseguró que «toda la evidencia documental» confirmaba la correspondencia entre los huesos y los 14 nombres. Y el presidente se declaró «regocijado».

Más allá de que los huesos se desvanecen y las ideas no, vaya chapuza.

85

OCHO TESIS Y MUCHAS PREGUNTAS SOBRE LA GUERRA CONTRA EL NARCO (2010)

Hace más de tres años el hombre que dirigía desde Los Pinos los destinos de esta nación declaró una guerra contra los cárteles mexicanos de la droga. Al paso del tiempo los mexicanos habíamos aportado a esta guerra más de 31 mil muertos, según cifras oficiales, un número incontable de heridos, varias de las grandes ciudades del país (Ciudad Juárez, Chihuahua, Monterrey, Tampico, Morelia, Culiacán, Mazatlán) viviendo bajo el miedo y en virtual estado de sitio, zonas abandonadas por sus habitantes, zonas rurales convertidas en tierra de nadie, carreteras federales intransitables, 17 estados de la República en crisis profunda de inseguridad, más de un millar de quejas ante las comisiones de Derechos Humanos (y esas son las que se hacen públicas, porque el miedo impide que se conozca más allá de la punta del iceberg) por violaciones, secuestros, chantajes, cateos ilegales, robos y todo tipo de abusos producidos por las fuerzas policiacas, el ejército y en menor medida por la marina, barrios urbanos y zonas industriales en los que no entran inspectores de Hacienda o de Salubridad, porque el narco es el Estado.

¿Cómo se ha llegado hasta aquí? ¿Cómo puede detenerse esta inercia antes de que México se desvanezca en medio del miedo y el terror en un holocausto repleto de cabezas cortadas, tiroteos donde los ciudadanos inocentes son «bajas colaterales», policías que entran a las casas rompiendo la puerta y se roban el queso que hay sobre la mesa, cárceles donde impera la mafia y se tortura sistemáticamente, declaraciones oficiales de avances y éxitos que ya ni los niños de la gran burguesía urbana se creen, fábricas y talleres que cierran, madres asesinadas por protestar por el asesinato de sus hijas?

Primera. Calderón pactó el inicio de esta guerra con el presidente Bush, ni siquiera con el entonces recién llegado Obama. Y la pactó en términos de ofrecerla en bandeja. Y la pactó en condiciones absurdas. La guerra contra el narco no era, no debería ser una guerra mexicana porque era, es en esencia una guerra estadounidense, generada por el mayor consumo de droga a escala planetaria, el que se producía dentro del territorio de Estados Unidos. Así las cosas, la propuesta mexicana no debió haber pasado de una oferta de apoyo a una guerra que debería librarse en territorio gringo, combatiendo las redes de distribución, las estructuras financieras, controlando la frontera. En su territorio, no en el nuestro. Pero no fue así. En tres años no ha habido más de media docena de operaciones importantes de aquel lado de la frontera, mientras que de este se ha desatado la más sangrienta de las confrontaciones que hemos tenido los mexicanos desde la guerra cristera.

Imágenes. Logro descubrir leyendo todos los periódicos locales de Acapulco los supuestos, los previos oficios, los nombres de 15 hombres aparecidos sin cabeza: son dos adolescentes, un lavacoches, un chofer de recogida de basura, un mecánico, dos desempleados, un policía municipal, tres albañiles; las infanterías del Cártel de Acapulco masacradas por el grupo del Chapo Guzmán (según dicen cartulinas encontradas a su vera) por el control de la plaza.

Segunda. Al gobierno de Calderón le tomó un año pedir a los norteamericanos el control del tráfico de armas, y desde que lo pidieron no han obtenido resultados. Según cifras oficiales, cerca de 50 mil armas largas (ojo con esto de las cifras oficiales: ¿con qué ábaco las verificaron?), municiones, lanzacohetes, ametralladoras pesadas, han entrado a México para proporcionar a las mafias un poder de fuego muy superior al de las fuerzas armadas. Hoy cualquier achichincle de un narco puede seguir comprando municiones para un cuerno de chivo en una tlapalería en Houston. Las balas que matan a los mexicanos se venden alegremente en Estados Unidos.

Tercera. Antes de iniciar una guerra, y no hay que leer a Sun Tzu o a Federico Engels para saberlo, el Estado debería de contar con una labor de inteligencia sólida. ¿Quiénes son? ¿Dónde están? ¿Cuáles son sus nexos? ¿Cómo es su estructura financiera? Mil y una preguntas que necesitaban respuestas. Hoy sabemos que al momento de iniciarse la guerra de Calderón contra el narco, toda o buena parte de la estructura de inteligencia del Estado mexicano estaba en manos de facciones del propio narco, que utilizando a jefes policiacos del más alto nivel dirigieron las operaciones contra bandas rivales, agitando un avispero de venganzas que parecen no tener fin (léase el libro de Aponte para verificar hasta dónde se remonta esta historia). ¿Qué tanto de su aparato policiaco trabajaba para el enemigo? Directores de la policía, de las agencias contra el crimen organizado, la siedo, comandantes de la afi, subprocuradores... A la fecha el Estado mexicano aún no lo sabe o no quiere saberlo. A la fecha la «inteligencia estatal» está filtrada, distorsionada, fragmentada; resulta (sobre todo de la lectura de sus comunicados) absolutamente incoherente.

Cuarta. El sistema judicial está podrido. Lleva muchos, muchos años estándolo. Agentes del Ministerio Público descalificados, jueces corruptos, ineficiencia absoluta cuando no complicidad declarada con el crimen. Con una estructura como esa no se podía ir a la guerra. ¿Cuántos delincuentes han sido dejados libres en estos últimos tres años? ¿Cuántos han recibido condenas intrascendentes respecto a la magnitud de sus crímenes? Pepe Reveles narraba el otro día en una mesa redonda que los que le entregaban los cadáveres al Pozolero (y hablamos de más de un centenar de muertos) pronto saldrán en libertad, porque el Ministerio Público sólo pudo acusarlos de tenencia de armas y posesión de drogas a causa de una investigación mal integrada. Reina un caos maligno, como habitualmente reinaba en la justicia mexicana, paraíso del accidente y la casualidad. Vivimos en un territorio de rezago en investigaciones, expedientes confusos, ausencia de investigación científica, ausencia de un banco nacional de huellas digitales, inexistencia de un concentrado de la información de todas las agencias policiacas del país. ¿Cuántas veces hemos leído en la prensa que el detenido había estado en la cárcel recientemente? ¿Quién lo soltó?

Quinta. En la cárcel de Torreón la directora torturaba a los presos. En otra cárcel las bandas tenían permiso para salir de noche a ejecutar rivales, en otras diez prisiones se han producido fugas masivas. Hay denuncias sobre el control y los privilegios que las mafias tienen sobre todas las prisiones, incluso las de alta seguridad. Han sido despedidos más de una docena de directores de cárceles en los últimos meses. ¿Ha cambiado la situación interna? Sin la previa depuración del sistema carcelario, no se podía ir a la guerra.

Imágenes. La más aterradora de las anécdotas: en Gómez Palacio un hombre frena su automóvil en el semáforo. Cuando se pone la luz verde ante él, el coche que lo precede está detenido. Va a tocar el claxon y duda. No son tiempos para andar tocando el claxon. La circulación está parada. Transcurre un nuevo espacio de tiempo con el semáforo nuevamente en rojo. Se decide y baja del coche, amablemente les pregunta a los del coche parado si puede ayudarlos en algo. El chofer le enseña una pistola y le ofrece 200 pesos. «Se ve que usted es gente decente, acabo de perder una apuesta con este güey (y señala a su copiloto, que muestra una Uzi muy sonriente): que usted nos tocaba el claxon y yo le pegaba un tiro. Es su día de suerte, amigo». El coche arranca. El hombre amable se queda ahí, sudando frío.

Sexta. Conan Doyle en boca de Sherlock Holmes solía decir que cuando una historia no estaba clara, *«follow the money»*, hay que seguir el dinero, el rastro económico. El narcotráfico, como lo fue el contrabando de alcohol en los Estados Unidos durante la era de la Prohibición o el robo de coches en México, es un negocio criminal, sigue reglas de un mercado semivisible, tiene inversiones, está sujeto a la producción y la distribución. Una parte del dinero, millones de millones de dólares, se moverá prosaicamente en paquetes de dólares envueltos en papel periódico y en maletas Samsonite, pero otra parte, quizá la más importante, se convierte en inversiones, casas, automóviles de lujo, oficinas, hoteles, tiendas, restaurantes... En la era de Caro Quintero, una colonia en Ciudad Juárez llamada burlonamente Disneylandia estaba repleta de mansiones extravagantes: castillos de Cenicienta, mansiones californianas, material chafa de *Las mil y una noches,* pagodas budistas. Todo mundo en la ciudad sabía que era territorio del narco. El dinero es visible. ¿Y la ruta, las rutas que descienden desde Estados Unidos no lo son? El IRS está muy preocupado por cobrar los impuestos a cualquier gringo que se descuide, ¿y no es capaz de detectar los millones que bajan desde el otro lado de la frontera? El gobierno mexicano ha puesto miles de trabas bancarias a los ciudadanos para mover su dinero, pero no ha abierto una macroinvestigación sobre las operaciones bancarias que acompañan este gran dinero de las mafias. En los cientos de decomisos, cateos, detenciones, ¿no han aparecido chequeras, cuentas bancarias, huellas y rastros? ¿Por qué no se habla de esto nunca? ¿Por qué el gobierno mexicano no ha pedido a Estados Unidos operaciones financieras que bloqueen el flujo de dinero al narco? Sin una investigación financiera sólida y un pacto bilateral con los norteamericanos para el bloqueo del dinero del narco, no se podía ir a la guerra.

Imágenes. Un gerente del banco Santander informaba hace dos años a su jefe regional que estaba recibiendo dinero no muy claro, y como respuesta recibió un «*Money is money*».

Séptima. Un convoy del ejército en La Laguna se dirige a una cárcel de alta seguridad: están transportando a un preso importante. Como no conocen la zona les han puesto una patrulla de la policía local al frente y otra en la cola. Al llegar a un semáforo la patrulla se detiene. Enciende y apaga las luces tres veces y luego se fuga a 150 kilómetros por hora. La patrulla de la cola hace lo mismo en reversa. De los callejones salen hombres armados que disparan contra los militares. Las patrullas no han vuelto a aparecer en la escena pública, tampoco los patrulleros, que se han desvanecido en esta gran nada informativa que es la guerra de Calderón. Entre Monterrey y Tampico, una caravana de camionetas de renta que regresaban de un servicio son desviadas por la policía hacia una brecha, un camino rural. Al final del tramo, un grupo de Zetas armados con ametralladoras los están esperando. Los choferes serán torturados y robados. Hoy sabemos gracias a las declaraciones de testigos protegidos que durante años altos mandos de la policía escoltaron los transportes de droga y protegieron como guardaespaldas a los capos. Pero no sólo la policía, las policías, muchos policías actúan en colaboración, apoyan, informan, protegen al narco, el Estado lo ha abastecido de cuadros. Uno de cada tres detenidos, se puede leer día a día en los periódicos, es un policía o ex policía, un militar. Hace años, en Tijuana le pregunté al director de un diario por qué en días recientes se habían matado a tiros entre ellos una docena de policías en un choque entre bandas rivales. Me respondió que resulta más barato contratar a un poli que entrenar a un sicario. ¿Cómo es posible que el Ejército Mexicano y los norteamericanos hayan entrenado a un cuerpo entero de choque militar que luego se pasa en bloque para constituir la esencia de los Zetas? Si los mexicanos lo sabíamos, si sabíamos que la delincuencia era

245

policiaca en millares de casos, ¿no lo sabía el Estado mexicano? ¿Es posible ocultar cuando tu salario pasa de 15 mil pesos al mes a 250 mil? ¿Cuántas horas de investigación económica resistiría un agente de la policía antes de descubrir que tiene seis casas en fraccionamientos del Estado de México? ¿Hay alguien en México que sepa interpretar la lectura de un polígrafo, el vulgarmente llamado detector de mentiras? ¿O el Estado mexicano no se atreve a usarlo ante el riesgo de que se muestre que la mayoría de sus agentes mienten? ¿La mayoría? ¿El 10%? ¿El 90%? ¿Hay algún polígrafo funcionando en alguna dependencia policiaca del país? ¿O se ha vendido para comprar refrescos y Gansitos Marinela en el Oxxo más cercano? Todo nace de unas fuerzas del orden cuya moral está pervertida. Y esta es una vieja historia mexicana, que adquiere su mayor nivel durante el alemanismo. Su clave es la impunidad. Los mexicanos sabemos que históricamente la policía y el ejército no son una fuerza de orden sino una fuerza criminal semilegalizada, represiva. Sabiéndolo el gobierno de Calderón como debería saberlo (no podemos presumir ese grado de estupidez que llegaría a lo inverosímil), ¿cómo se atrevió a lanzar una guerra contra el narco con ese material humano? Una guerra que no sólo no se podía ganar, sino que ni siquiera podía empezarse sin haber limpiado antes a las fuerzas del orden. ¿Pero cómo limpiarlas sin debilitar al mismo tiempo la esencia represiva del propio Estado mexicano? Un general retirado me contaba que no tenía duda de que en el ejército había un centenar de capitanes y mayores honestos, pero que no estaban cerca de la toma de decisiones. No se podía lanzar una guerra contra el narco con este material. No hay posibilidad alguna de variar la situación mientras la moral dominante en las «fuerzas del orden» sea la que hoy es.

Imágenes. Cualquier ciudadano con un celular puede grabarlas, en la carretera de Tampico a Matamoros circulan convoyes de 4 o 5 camionetas negras, traen pintado en el costado con *spray* las siglas CDG, Cártel del Golfo.

Octava. Hoy el narco no sólo son una docena de grupos armados que controlan una de las más importantes fuentes económicas del país. Son empresas que cobran protección, por ejemplo, a todos los comerciantes de Cancún. Son el control de todos los vendedores ambulantes de Monterrey. Son la justicia en zonas enteras de Michoacán, donde La Familia reprime a maridos abusadores y deudores perniciosos (léanse las notas de Arturo Cano en *La Jornada*). Son los controles en carreteras federales que cobran peajes. Son los que le ofrecieron (y le cumplieron) a un restaurantero en Ciudad Juárez que si pagaba protección, no más inspectores de Salubridad ni requerimientos de Hacienda. Son los controladores de la red de tráfico humano y secuestros más grande del planeta. Son los que ofrecen empleo bien pagado a millares de jóvenes de las pandillas en las zonas fronterizas. Son, en una parte muy grande de nuestro país, el nuevo Estado. Y un Estado que sustituye a otro Estado basado en el abuso, la corrupción. Un mecánico de banqueta en Chihuahua paga al narco 200 pesos a la semana por el uso de la acera, antes le pagaba de mordida 300 a la policía. Tal para cual. ¿Por qué habría de estar en la cárcel un capo si no lo está el que cometió un fraude electoral que le robó a la nación su destino, ni lo está el que con su modesto salario de funcionario compró tres castillos en Francia? Mientras el Estado mexicano no pueda garantizar a sus ciudadanos una relación honesta no se puede librar una guerra contra el narco.

Imágenes. Unos niños en una foto en la primera página de *La Jornada* muestran un cartel que dice: «Queridos Reyes Magos, no queremos la guerra de Calderón». Pero no basta con no quererla, hay que detenerla. Y eso significa, antes que otra cosa, resolver, entre otros, los ocho problemas que aquí se enuncian.

86

CELSIUS 232.
UNA INSTANTÁNEA (2011)

(Crónicas de la Brigada)

¿Por qué tenemos que publicar *Sin novedad en el frente*?, me pregunto. Y sin darle tiempo a nadie de responder, narro:

Arden. 232 grados Celsius, la temperatura a la que el papel se incinera, se consume en el fuego, se volatiliza en la noche la ceniza. La fecha se grabará en la memoria: 10 de mayo de 1933.

Originalmente planeada para hacerse simultáneamente en 26 ciudades, la lluvia impidió algunas de las ceremonias, pero en Berlín, en Múnich, en Hamburgo, en Frankfurt, los libros ardieron.

A fines de enero habían tomado el poder los nazis y se acababa la República de Weimar, un mes más tarde ardía el Reichstag y se iniciaba la cacería de socialistas y comunistas, anarquistas y sindicalistas, homosexuales y judíos. Comenzaban a llenarse cárceles y campos de concentración.

Para las ceremonias de quema de libros, se puso en marcha el ritual. Toda la parafernalia del nazismo: bandas de música, desfiles de antorchas, carros de bueyes cargados con volúmenes, convocados para el gran acto purificador de la juventud contra el intelectualismo judío: una gran quema pública de libros.

Las fotos mostrarán a miembros de las SA, policías, estudiantes, sonrientes, felices cargando libros para llevarlos a la hoguera; arrojando libros fuera de las bibliotecas, depurando los anaqueles, censurando por el camino del fuego. La fiesta de la barbarie.

En Berlín, en la Opernplatz, no arde el papel, arden las palabras. Arden los libros con los poemas de Bertolt Brecht, pero sobre todo arden los versos, las magníficas palabras: «No os dejéis seducir: no hay retorno alguno. El día está a la puerta, hay ya viento nocturno. No vendrá otra mañana. No os dejéis engañar con que la vida es poco».

Interviene el ministro de Propaganda del Reich, Joseph Goebbels, pura energía maligna; elegante, delgado, histriónico. Su voz crece en los altavoces, raspa un tanto: «Hombres y mujeres de Alemania, la era del intelectualismo judío está llegando a su fin. Están haciendo lo correcto en esta noche al entregar a las llamas el sucio espíritu del pasado. Este es un acto grande, poderoso, simbólico. De estas cenizas, el fénix de una nueva era renacerá. ¡Oh siglo! ¡Oh ciencia! ¡Es un placer estar vivo!».

¿De qué ciencia habla? ¿De la primitiva ciencia de quemar en la hoguera? Su ave fénix es un buitre carroñero.

Arden las maravillosas geometrías doradas y humanas de Gustav Klimt. Arden los brillantes textos de Sigmund Freud sobre la histeria y los sueños. Un Freud que respondió al hecho desde el exilio diciendo que había tenido suerte, que en el Medioevo lo hubieran quemado también a él, sin darse cuenta de que bromeaba sin conocer hasta qué punto intentaba exorcizar a los demonios. Los que quemaban sus libros terminarían quemando a 6 millones de judíos como él.

Arden en la hoguera los textos de Einstein, los cuentos de Sholem Asch, los textos del checo Max Brod, las novelas de los hermanos Mann, incluso la relativamente inocente Vicki Baum es incinerada. Se queman las geniales novelas sociales de Jack London, Theodore Dreiser, John Dos Passos, quizá en esos momentos el mejor novelista de lo que iba del siglo xx.

Encabeza la lista la obra maestra de Erich Maria Remarque, *Sin novedad en el frente*. Arden las novelas históricas de Lion Feuchtwanger, arden las grandes novelas antibélicas de Barbusse, *El fuego*, incluso el Hemingway de *Al otro lado del río y entre los árboles*. Imperdonable para los verdugos del fuego eso del pacifismo.

Arden las reproducciones de las fantasmagorías de Marc Chagall y los cuadros de Paul Klee. Arden, claro está, las reproducciones del neorrealismo terrible y drástico de George Grosz y Otto Dix, los más implacables críticos de la Alemania de entreguerras.

Arden los libros de la futura candidata al Nobel, Anna Seghers.

Las orquestas tocan marchas militares, tambores y alientos, sin instrumentos de cuerda; los estudiantes saludan con el brazo derecho rígido y la palma abierta.

Queman libros, arden páginas, palabras, imágenes. En la hoguera se inmolan los libros de Heinrich Heine, poeta alemán del siglo XIX, quien en 1822 había profetizado: «Donde queman libros, al final terminarán quemando seres humanos».

Sin darse cuenta Goebbels y sus chicos habían creado la lista básica de la cultura de la mitad de siglo XX, estaban construyendo las recomendaciones que adolescentes ansiosos buscaríamos y encontraríamos: los libros, los cuadros, los artículos de filósofos y científicos, los poemas.

Sin darse cuenta los nazis que la temperatura a la que arde un libro no sólo es la temperatura del fuego en el papel, es también el fuego de la mirada sobre la palabra.

Recuento esta historia para recordar. Para no olvidar. Y para acabar de recordar, decir que el primer libro que se publicó tras la derrotas del nazismo en Alemania fue *Sin novedad en el frente*, de Erich Maria Remarque.

87

DF: ¿VOTO EN BLANCO?
(2012)

En aquellos días yo no quería ser diputado, senador, asamblcísta, ascsor a sucldo, funcionario público, funcionario partidario, militante con salario; no quería que las instituciones públicas compraran mis libros y seguiría dando conferencias al movimiento sin cobrarlas.

Por otro lado, por una extraña razón, cada vez que la burocracia perredista hace una marranada no encuentro mi vieja credencial del 88 firmada por Cuauhtémoc Cárdenas para irla a quemar al Zócalo en desagravio. Soy parte del «No más sangre», me sumo a las marchas del Movimiento por la Paz, del SME y los maestros de la CNTE, de la APPO, participo en la Brigada para Leer en Libertad y creo, con un fervor de militante de los años sesenta que a algunos les debe parecer bastante trasnochado, en eso que llamamos «el movimiento».

Por lo tanto, en el debate sobre el candidato de Morena a gobernar el DF no tenía cola que me pisaran.

Hace años intenté contar cómo nuestra generación, la generación del 68 y sus herederos (la insurgencia obrera, la resistencia ciudadana, el movimiento popular, la reorganización social ante el terremoto), hizo un pacto con el diablo. No fue un mal pacto. A cambio de sacar al PRI de Los Pinos guardamos en el clóset a Ho Chi Minh, la revolución socialista, Flores Magón, Durruti y los Consejos Obreros, el programa de transición y la plusvalía. No era un mal pacto en términos de una nación agotada por 40 años de agresiones desde el poder contra los ciudadanos: saqueos, doble moral, represiones y abusos, matanzas de campesinos y «errores económicos» que destruían en una semana a la tercera parte de la clase media, que fabricaban millonarios y pobres a la misma velocidad. No era mal negocio para librarnos de un PRI que dejaba en el camino de sus funcionarios millonarios a las viudas, los pobres y los despedidos.

Sin embargo, nunca leímos la letra pequeña del contrato. No teníamos mucha experiencia en esto de pactar con el diablo y no se nos ocurrió ver que abajito del documento, en la letra minúscula escondida, decía: «Sacarán al PRI, pero vendrá el PAN», y después: «En el proceso de sacar a los ladrones de Palacio, algunos de ustedes se volverán como ellos».

Ahora se nos propone una reiteración del pacto y el diablo dice: «Con tal de que el PRI no vuelva al Distrito Federal, cualquier candidato es bueno». Pero nos hemos vuelto expertos en interpretar la letra chiquita, y con cuidado leemos: «Serán funcionarios y no militantes, la chamba es primero», «la izquierda *moderna* de nada se acuerda», «mejor chucho que perro», «el Estado es la princesa y cuando la besen se volverán sapos» (el diablo parece tener sentido del humor) y otras lindezas parecidas.

Sin despreciar la lucha electoral, que en ciertos momentos se vuelve el gran cauce de expresión popular, pienso que hay que darle su justo valor y no sumarnos a la tradición perredista que ha hecho de lo electoral (sea lo que sea: elecciones internas, parciales, externas, de la flor más bella del ejido) una obsesión.

¿Cómo es posible que en los millares de espectaculares, pancartas sobre las vías rápidas, carteles de la precampaña del PRD, no haya una sola alusión al necesario fin de la guerra calderonista? Sólo caritas sonrientes con corbata amarilla.

—Yo voy por el voto nulo. Todos son iguales. Todos los políticos son iguales —dijo el chavo. No me miraba de frente, pero en la mirada huidiza se reconocía una clara obstinación, una revuelta. No era la primera vez que escuchaba el argumento. Se lo había oído a Adolfo Gilly en una reunión amplia del Movimiento por la Paz, y su punto de vista reflejaba el de la mayoría en ese encuentro contra mi opinión minoritaria; y desde luego se lo había escuchado a compañeros del entorno zapatista. El justificadísimo desencanto ante los partidos electorales de la izquierda moderada ha prendido entre muchos, muchos más de lo que se piensa, no sólo entre jóvenes radicales, sino también en la alta amplia capa de la clase media ilustrada que fue a finales de los ochenta parte fundamental de la periferia del PRD y que le dio la victoria en las dos elecciones del fraude.

Yo pensaba que el voto en blanco en las próximas elecciones no castigará al PRI y al fantoche de Peña Nieto, sino que lo favorecerá. El voto en blanco se va a producir en el entorno de la izquierda, en sectores críticos del sistema, pensantes. ¿No tendría mucho más sentido el voto crítico? Algo así como: No votaré por ningún candidato de izquierda que no haga suya la propuesta de una ley de amnistía a los centenares de campesinos ecologistas presos. No votaré por ningún candidato de izquierda que no firme un proyecto para detener la guerra. No votaré por ningún candidato de izquierda que no reconozca la urgencia de democratizar al magisterio y promueva una educación gratuita, laica y popular.

Sólo hay un par de maneras de que esta ciudad, que por la base es mayoritaria y claramente de izquierda, protestona, liberal, progresista y a toda madre, se pierda, y es que la izquierda elija un candidato de izquierda que no lo sea, me explico este bonito galimatías:

Una parte de los precandidatos a jefes de Gobierno del DF son, en una definición generosa, de centroizquierda (pero poquito), neoliberales a ultranza, sin pasado político, funcionarios en permanentes funciones del gobierno del DF, del aparato o de las cámaras.

Mi opinión pública valió sorbete y Miguel Ángel Mancera fue el candidato a jefe de Gobierno de la Ciudad de México y haciendo de tripas corazón voté por él y hasta participé en un par de actos de apoyo. Tuve los siguientes años para arrepentirme total y absolutamente. Para que la próxima vez confíe en mi olfato.

88

YO SOY 132
(MAYO DE 2012)

Habían reconstruido una obra de teatro basada en *El gatopardo* de Giuseppe Tomasi di Lampedusa: todo tenía que cambiar para que todo siguiera igual. Se hablaba de alternancia (vaya palabreja) entre ellos y los otros ellos. El sonido de las trompetas televisivas proclamaba: el PRI llega al rescate de la nación. Y aunque el rey estuviera desnudo, llamado Enrique Peña Nieto, era tal la fuerza de la reiteración que parecían haber dominado el escenario.

Pero en un acto aparentemente intrascendente, convocado por el equipo de Peña Nieto en la Universidad Iberoamericana y para el que se habían distribuido previamente preguntas a algunos estudiantes a cambio de una lana, se mostraron discrepancias y gritos de repudio ante un candidato sin arraigo social y construido *ad hoc* por la televisión. Peña Nieto optó por una prudente retirada, con lo cual los gritos de repudio aumentaron, y terminó escabulléndose usando un baño en la planta baja.

La maquinaria priista trató de cubrir el desastre diciendo que los estudiantes eran provocadores, que no eran alumnos. Y ahí surgió la magia: 131 estudiantes hicieron un video donde mostraban su rostro y sus credenciales, poco a poco miles de estudiantes de todo el país se sumaban. Ustedes eran 131, yo soy 132.

El reencuentro de la generación del 68 con esta no ha sido cupular, sino absolutamente espontáneo. Esta generación logró un pinche milagro: no es decir que la televisión no sirve, eso ya lo sabíamos. No, el milagro lo logró al romper el mito de que estaba condenada a la apatía, a la observación y al individualismo pendejo y entre otras cosas ha demostrado la vitalidad de la red.

El movimiento estudiantil confrontado con la candidatura de Peña Nieto ha evadido la trampa de la huelga (que desmovilizaría a sectores que aún no han sido ganados y que se siguen sumando masivamente) y la del voto en blanco, que restaría votos a la izquierda y favorecería al PRI, cuya estructura de voto fraudulento, corporativo, comprado, es inmune a las apelaciones de la conciencia. Un movimiento apasionante que sigue promoviendo reflexiones críticas, demandas novedosas; que pone a la defensiva.

Están nerviosos, muy nerviosos, se abre el tiempo de campaña sucia y de las provocaciones. Me encontré con Javier Sicilia y otros miembros de la comunidad escritora en un acto de apoyo al 132 en la Estela de Luz, y fuimos descritos como «viejitos» infiltrados en el

movimiento estudiantil en el noticiero de Joaquín López
Dóriga o en la revista *Impacto*. Eso no impidió que acudie-
ra al cerco a Televisa que organizó el movimiento y oyera
a un policía que hacía valla protectora decir en lo bajito:
«Duro, muchachos, yo tengo un hijo en el CCH».

Alguien propone que se le ponga una placa al baño
de la Ibero: «Aquí se escondió Peña Nieto, huyendo de
la democracia».

89

LAS SEÑALES DEL FUTURO
INVIERNO (DICIEMBRE DE 2012)

Hacía muchos años que no veías un despliegue policial como este. Dominaban la calle millares de uniformados y algunos cientos de desuniformados a los que delataba su corte de pelo (como si les hubieran puesto una bacinica en la cabeza y hubieran rapado todo lo que les sobraba). La ciudad azuleaba. El Viaducto, cerrado en unos tramos, abierto en otros. No había mucha lógica en el cerco más allá de mostrar el poder, desplegarlo como un manto temible, amedrentador, símbolo de los nuevos tiempos, y tratando de crear la protección de cascarón sobre cascarón para impedir que el presidente Peña Nieto escuche que en esta ciudad la inmensa mayoría no lo quiere y piensa que compró las elecciones.

—¿Pues no que Peña Nieto había ganado? ¿Dónde están los mamones que votaron por él? —dirá tu vecino, el del taller de alfombras.

Paco, Paloma y Belarmino se acercan caminando hacia

San Lázaro observando decenas de bloqueos, rejas, vallas metálicas, filas de policías. Paco anda buscando un changarro abierto que venda lulús de frambuesa. Por teléfono, radio y Twitter llegan noticias de enfrentamientos y se habla de que un joven ha muerto (luego se precisaría que está muy gravemente herido); algunos cuates sueltos se les unen. Un chavo medio pálido recibe palmadas en la espalda de sus compañeros. Lo detuvieron, lo metieron en una patrulla y lo golpearon. La intervención de un grupo de estudiantes hizo que lo soltaran. No trae en las manos ni piedras ni palo ni bomba molotov ni resortera con balines, sólo una bandera cuyo mensaje no se puede leer porque está doblada.

Llegan a la esquina de Fray Servando, donde hay un grupo de maestros democráticos de la Sección IX ante una valla policial. Con un megáfono de mano alguien les habla a los policías de la primera línea (que son del DF), tras ellos una segunda valla y una línea de federales. «Policía, escucha, tu hijo está en la lucha», corea el grupo. El del megáfono les pregunta a los policías si los trajeron para cuidar a los federales, les sugiere que deberían pedir aumento de sueldo y desde luego organizarse en un sindicato democrático.

No está claro dónde se ha concentrado la gente. Como en tantas otras manifestaciones de los últimos meses, la convocatoria es caótica. Las noticias que llegan también lo son. Parece ser que hay muchos heridos. Una parte del grupo se desprende para intentar llegar al Zócalo.

Nos vamos hacia el Ángel, donde ya se ha iniciado el mitin de Morena.

Con la información que se posee en ese momento, Andrés Manuel fija duramente la posición: No a la represión. La demanda social no se responde con balas de goma y macanas. La confrontación es resultado directo del fraude electoral. Pide la renuncia, la destitución del ministro de Gobernación Osorio Chong, recién nombrado, y si se demuestra la responsabilidad, del propio Mondragón, que ha desertado del gobierno del DF para ser subsecretario en el nuevo gobierno priista.

El acto se disuelve muy lentamente, noticias y rumores llegan incesantemente. Se habla de choques en las cercanías del Zócalo, frente a la Alameda, en Bellas Artes, cerca del Monumento de la Revolución donde el PRD del DF también ha tenido un acto de repudio al nuevo presidente. Algo de repudio, no mucho. Un manifestante que viene del centro graba su testimonio: escuchó a un oficial de la policía ordenar que se cargara contra un grupo pacífico al grito de «Madréenlos»; tiene fotos de los heridos. Se habla de periodistas golpeados. Algún maestro de Física de una secundaria pregunta: ¿Por qué disparan las bombas de gas en tiro directo? ¿No se tira para arriba y en parábola? Es cómo preguntar por qué los pájaros siempre cagan a los pobres.

Horas más tarde, un primer balance habla de 165 heridos, decenas de detenidos, casi cien consignados. Veremos en internet fotos de vidrios rotos de bancos, hoteles y Oxxos en las cercanías de Bellas Artes.

¿Qué ha sucedido?

Primero, que el nuevo gobierno enseña los dientes y el estilo futuro de gobernar, y lo hace con la complicidad del gobierno del DF. Durante meses se han sucedido demostraciones públicas sin violencia, donde millones de personas en este país expresaron su derecho a disentir. Cercar San Lázaro, desplegar a la policía, implica limitar ese derecho. Esa es la primera provocación y surge del gobierno federal. ¿En qué artículo constitucional se niega nuestro derecho a decir que Peña Nieto no ganó las elecciones, que estas fueron un fraude centrado en la compra de millares de votos? ¿En dónde se dice que no podemos decirlo ante el palacio del Congreso o en mitad de las chinampas de Xochimilco?

Parece cierto también que impedir que una parte de los ciudadanos lo hicieran en San Lázaro o el Zócalo calentó un ambiente ya de por sí caldeado y que una parte del movimiento cayó en la trampa de enfrentarse violentamente con la policía. No coincido con ellos, sigo pensando que el radicalismo está en la búsqueda de las mayorías, en la organización de la sociedad, en el rescate de los sindicatos y las condiciones humanas de trabajo, pero no puedo satanizarlos. Sí, en cambio, me pronuncio abiertamente contra el vandalismo: malpintar el Monumento a Juárez, atacar las vidrieras de un Oxxo o un banco, destruir un bote de basura es hacerle un flaco favor al amplio movimiento, fregar a inocentes ciudadanos, regalarles la foto a los cancerberos de los medios que confirman así su eterno discurso de que la civilización está en el poder, en el arribismo, en el culto a la inmovilidad del sistema.

A lo largo de la noche las más extrañas informaciones siguen fluyendo. Confirmo tres que me parecen particularmente importantes: un maestro ve al atardecer del día anterior la llegada de una serie de camiones en las cercanías del cine Metropolitan. Curioseando, se acerca a los que descienden. ¿Vienen a una peregrinación?, pregunta bromeando. «Venimos a partirle la madre al 132», contesta un cuate, hosco. El maestro se aleja y los sigue. Ve a varios de ellos marcando vidrieras en edificios frente a la Alameda, mismos que serán vandalizados en el curso del día. Otro testimonio de esa misma noche registra que en las estaciones de metro cercanas a San Lázaro (por lo menos en dos), que al día siguiente estarían cerradas y luego abiertas, alguien había depositado varios atados de palos. Un tercero habla de un grupo de jóvenes ajeno al movimiento que traen un signo de identidad común y que participaron en varios enfrentamientos.

¿A la confrontación que algunos grupos de la izquierda radical protagonizaron contra los granaderos se había sumado una provocación? ¿Quién estaba interesado en ella?

La televisión en la noche realizará su juego tradicional. Harán del comentario banal una fiesta. No habrá ni una sola referencia a la dudosa manera en que Peña Nieto «ganó» las elecciones, ni una sola referencia a la violencia policial aunque se les cuele de vez en cuando en las imágenes policías pateando a un joven que está en el suelo. Las declaraciones de Marcelo Ebrard les lavan el sucio rostro a los federales.

La lista de los detenidos comienza a circular. Muestra que cada uno de ellos tenía pruebas de que no había cometido un delito agrediendo a un policía o cometiendo actos de vandalismo, muchos lo han sido por decir lo que pensaban en voz alta, porque estaban pasando, porque intentaron defender a un joven caído en el suelo con el que se estaban ensañando.

En la noche Paco sueña con que he perdido sus zapatos negros. Alguien se los quitó y tiene que caminar descalzo por las calles. Es un sueño absurdo, obsesivo. Supongo que tendrá que ver con las fotos de los zapatos abandonados después de la matanza de Tlatelolco o con aquella manifestación del 26 de julio de 1968, cuando los granaderos nos cercaron en la calle de Palma y durante un cuarto de hora estuvieron macaneando al grupo de estudiantes que éramos. Se alejaban, volvían, se acercaban a las primeras filas, toleteaban y se retiraban. No teníamos salida, y el millar de nosotros se hacía bolita, pisándonos. Y entonces perdí un zapato.

¿El sueño es una advertencia? ¿Retornan los oscuros tiempos?

Puta madre, ¿quién dijo que para ser mexicano hay que tener tanta paciencia? ¿No es retórica? ¿Es costumbre? Belarmino en la noche alimenta a unos gatos que lo han adoptado en la vecindad donde vive. Paco trata de escribir una crónica repleta de lugares comunes. Paloma busca en el diccionario de sinónimos mientras se burla del nombre del obispo Corripio («Mejor aquí corripio que aquí quedipio»), que apoyó la represión, y llama por teléfono a dos o tres compañeros que sabía que estuvieron en las manifestaciones. «Paciencia: conformidad, estoicismo, resignación, aguante, mansedumbre». No le gustan, prefiere «Terquedad: obstinación, tozudez, tenacidad». La cosa mejora. Eso si no estás en la cárcel o has perdido un ojo o no alcanzan los tubos de pomada del tigre para quitarte el dolor de las apaleadas.

90

LA HUELGA DE LA UACM
(2013)

(De las cosas que uno se entera viendo la televisión)

En la medianoche del jueves pasado alguien me avisó que siguiera la emisión en Milenio Televisión de una entrevista realizada unas horas antes. La rectora de la Universidad de la Ciudad de México (la UACM en versión sopa de letras) se quejaba amargamente de haber sido desalojada de sus oficinas en la colonia Del Valle de la Ciudad de México por una maligna turba de estudiantes enmascarados apoyados por gente de esa «que toma casas», y remataba con la siguiente frase: «Paco Ignacio Taibo no estaba aquí, pero dirige también la agresión».

—Ay nanita —digo en voz alta—. De qué cosas se entera uno viendo la televisión.

Bueno, menos mal que no estaba ahí. ¿Estaría cerca de allí? ¿Me habría reunido con los tomadores de oficinas a la vuelta de la esquina? ¿Habría organizado el complot que la despojaba de su escritorio y sus papeles, reuniéndome con los estudiantes? (Por cierto, las oficinas son de la Universidad, no de la rectora, aunque su comportamiento en estos últimos meses ha sido de propietaria.) Para los interesados en precisiones, traté de imaginarme cómo, con quiénes y a qué horas «dirigí la agresión».

La misión resultó imposible. El martes asistí a la manifestación convocada por estudiantes y profesores en huelga que salió de esas instalaciones. Ejercí el pleno derecho de opinar y actuar en un conflicto que envuelve a la universidad de mi ciudad. Reiteraba mi apoyo a los huelguistas y sus demandas. Marché a la cola de la manifestación con mi compañera Paloma unas 20 cuadras (lo siento, de la colonia Del Valle al Zócalo y fumando al ritmo que fumo es más de lo que se le puede pedir a un ciudadano medio ruco). Saludé a algunos maestros y muchos estudiantes. En ningún momento opiné sobre si el siguiente paso de la huelga debería ser la toma de la rectoría o alguna otra medida. Entiendo que el movimiento tiene su propia forma de tomar decisiones y la respeto. A lo más que llegué fue a decir al pie de la rectoría: Mejor bajen, la vida está acá abajo, dirigido a unos anónimos esquiroles que se asomaban desde las alturas. De cualquier manera la frase no era afortunada, no creo que la hayan escuchado y me pintaron un violín desde una ventana.

Al día siguiente, y en lo que en los partes policiales suele llamarse «la hora de los sucesos estaba reunido con 400 estudiantes de Chapingo dando una conferencia (la rectora podría entrevistarlos uno por uno, para que dieran constancia del hecho, sería divertido) y posteriormente en un debate sobre políticas culturales con la presidenta municipal electa de Texcoco en el que había otros tantos asistentes. Durante todo ese día, transporte incluido, no conversé con ningún uacemita (así se llaman así mismos los compañeros, con ese nombre extraño que parece sacado de una subtribu apache).

Quedaba una posibilidad, podía haber «dirigido la agresión» por teléfono. Cosa por demás complicada porque no tengo ningún teléfono de los estudiantes en huelga, y aún peor: como los que me conocen saben, ni siquiera tengo un celular.

91

LA REAL REALIDAD
(2015)

Escribes:

Si desaparezco del presente
y
vivo en el pasado
no hay duda de que
terminaré siendo
real.

92

LA HORMIGUITA

Cuando me estaba sirviendo una cocacola helada, descubrí que en el interior del vaso flotaba una hormiguita. Adopté una doble perspectiva: la gastronómica: al fin y al cabo proteínas y pa dentro, o la franciscana: sacarla ayudándola con un lápiz. Triunfó la última y deposité al borracho animal en el alero de la ventana para que se secara al sol, aunque quedara todo pringoso. Le dejé caer dos gotas de agua tomadas con un palillo en un baño antimelaza que creo que la hormiguita agradeció.

Entraba en una conflictiva situación con Paloma, que era partidaria de darles Raid en nubes concentradas a todos los insectos, matar mosquitos a putazos en mitad de la noche, ultimar a los hijos de Cri-Cri el cantor y aullar si veía un ratoncito o descubría una palomilla.

Le dediqué una mirada amable a la hormiguita, que tenía un pedo cocacolero monumental, y me bebí un largo trago del refresco paladeándolo. Era la primera de la mañana y no sería la última. No tomaba café, no consumía alcoholes, no quemaba mariguana ni me metía coca; por no tomar, ni aspirinas ni alkaseltzers. Cocas o pepsis o pascuales y fumar hasta abajo del agua eran los únicos vicios mayores que me permitía.

La hormiguita pegosteosa levantó una antenita en señal de agradecimiento y comenzó a renquear, saliendo de terreno peligroso. El sol brillaba a través de los vidrios de colores de la cocina, un sol maravilloso, claro, absolutamente franciscano.

93

PROPIEDAD (2016)

Uno de ellos, con 50 años de militancia a las espaldas —que por cierto era originalmente doctor en Economía por la Universidad de Leipzig—, se preguntó en voz alta:

—¿Verdad que no es lo mismo propiedad estatal que propiedad nacional, que propiedad social? El Estado o la nación son una ficción regida por la burocracia, y la sociedad no sabe administrarse a sí misma. Y los términos andan paseándose como sinónimos. Y los repetimos a lo pendejo.

Y como me había agarrado de público cautivo se siguió diciendo:

—Diles a los del *marxbisnes* que te lo expliquen —y en esa categoría incorporaba a varias decenas de cientos de profesores de Marxismo I, II, III y otras materias variantes (como Introducción al Pensamiento Económico, Seminario de *El Capital*, Pensamiento Sociológico III, Conceptos Sociales en el Análisis Político) que inundaban la academia mexicana.

Me acordé de cuando en el 67 le presté un libro de Federico Engels forrado con papel periódico. Nunca me lo devolvió.

—Y de una vez que te expliquen por qué los obreros del sindicato más combativo del planeta, los de Solidaridad de la Ford en Polonia, votaron por privatizar la empresa que tenían dominada desde hacía años.

—Y ya entrados en gastos, que unos abogados, si queda alguno inteligente, definan la «propiedad social» de la que habla la Constitución.

Sin pausa.

—¿Sabes cuántos directores de facultades, de centros de investigación, y profesores de tiempo completo dicen que son marxistas?

—Ni idea.

—Cientopinche mil, incluido yo.

Y siguió.

—Y como te gusta andar haciendo preguntas a lo pendejo, averigua cuántos cientos de historiadores en México han siquiera ojeado las diferencias entre el proyecto de Tito y las cooperativas y el proyecto de hipercentralización de Stalin.

—¿Y qué me quieres decir con todo esto?

Se acabó el café que le había invitado y se puso de pie, furioso.

—La divulgación del marxismo se volvió una chamba.

—Échale la culpa a Bakunin por haber perdido en la Primera Internacional —le contesté mientras se iba fumando, nomás por no quedarme callado.

94

PAPELITOS

Nuestra vida se va llenando de papelitos que van haciendo un colchón bajo la base de la computadora.

«Quien habla de la vida tiene los ojos tristes» (Louis Aragón) en un pedazo de cartoncito de cajetilla de Gitanes.

«Consideró la extensión de su derrota, los límites de su derrota» (A. E. van Vogt) en la parte de atrás de la tarjeta de visita de un vendedor de aspiradoras.

«El fin del mundo es mañana, favor de levantarse temprano», en uno de los cuadernos abandonados de la preprimaria de mi hija.

En otro cuaderno conservo una frase de mi amigo, el poeta y novelista escocés William McIlvanney: «Debemos dudar no sólo de los demás, sino de nosotros mismos», y si la completas con esta otra de Bertolt Brecht, «Hay necios que nunca dudan», queda la cosa clara.

95

SIETE AÑOS DE PARA LEER
EN LIBERTAD (2017)

(Léase como lo que es, un pinche informe)

Habitualmente no creo en los milagros, pero cuando me siento a intentar armar un resumen de lo que han significado siete años de la Brigada para Leer en Libertad, tengo la insana sensación de que algo hay de mágico en esta experiencia. Sin embargo, el riesgo del autohomenaje es peligroso, pongan en duda mi vehemencia y confirmen con desconfianza en otras fuentes lo dicho.

«En México no se lee», dicen y redicen y reportan cifras obtenidas de las sistemáticas quejas de la industria editorial y los bajos índices que anuncia el Estado. Pero esas afirmaciones atentan contra lo que he visto: centenares de miles de personas alzando jolgoriosas los libros que les habíamos regalado, inmensas colas para obtener la firma del autor, tianguis de libros repletos de personas en colonias donde no hay librerías ni buenas bibliotecas. Me gusta contar la historia de una mujer en Iztapalapa que me mordió la mano cuando traté de quitarle un libro de los dos que se llevaba. Yo había anunciado: «Uno por familia, para que alcance para todos», y ella llevaba dos. Tras la mordida dijo algo de una hermana suya que estaba en silla de ruedas, y de poco le valió que yo le dijera que primero lo leyera y luego se lo diera a su hermana.

En octubre de 2009 corrieron a Paloma Saiz de la dirección de la Feria del Libro de la Ciudad de México, después desbarataron los proyectos de lectura más exitosos que había habido en el Distrito Federal, en primer lugar Para Leer de Boleto en el Metro. La Secretaría de Cultura dejó en la calle a un grupo de promotores excelente (el difunto Juan Hernández Luna, Betty C., Daniela Campero, Eduardo Castillo, Alicia Rodríguez). Semanas después sumamos a este grupo a un par de voluntarios entre los que me incluía, y decidimos fundar Para Leer en Libertad. Haríamos desde la sociedad lo que los aparatos del Estado fracasaban en hacer día a día.

No teníamos ni un centavo, pero sí una larga experiencia. Con una lógica de ensayo y error y vuelta a empezar tratamos de encontrar los mecanismos que bloqueaban a los ciudadanos en el inmenso Valle de México del placer de la lectura y de las posibilidades del debate social. Detectábamos cuatro tipos de problemas: el alto precio de los libros, y el fracaso de la educación media y superior para volver lectores a los adolescentes; castigados con innumerables horas de lectura obligatoria que los llevaba a asociar la lectura con la obligación, el castigo, el examen, la lectura fragmentaria en fotocopias y concluían: «¿Leer? Qué güeva», quedando vacunados contra la lectura por placer. La falta de una red de recomendaciones, que hacía que vieran la librería como un bosque en el que no se distinguían los árboles, a la que por falta de hábitos culturales daba miedo entrar (¿Qué me van a preguntar? ¿Cuánto cuesta? ¿Qué es eso?), y la falta de bibliotecas públicas, que se habían convertido en lugares cuasi cerrados donde adolescentes más o menos desesperados acudían para hacer las tareas.

Había que bajar los precios, informar con cientos de conferencias, poner los libros en la calle. Existía en esos momentos una enorme carga política. Se discutía pomposamente el Bicentenario y los efectos de la ofensiva neoliberal caían a mazazos sobre la población.

Tras siete meses de labores la Brigada había logrado en colaboraciones con instituciones del gobierno de la Ciudad de México, el PRD del DF (que conservaba una visión de izquierda antes de corromperse en el Pacto por México), organizaciones sociales y sindicatos, habíamos organizado más de 200 acciones de promoción de la lectura que incluían un gran remate de libros, conferencias en comedores populares, un curso llamado «Historia de México para ciudadanos en rebeldía», 25 tianguis a lo largo y ancho de la Ciudad de México y editado 11 libros que se regalaron. En 2010 nos lanzamos a un enfrentamiento con la estructura de la feria del Zócalo, que pensábamos estaba en plena decadencia, y programamos la Feria Alternativa del Libro de la Ciudad de México en la Alameda Central. La feria se realizó con la presencia de 200 sellos editoriales, librerías y distribuidoras. Lo sorprendente es que la feria alternativa reunió más público que la oficial con precios de los libros a un tercio en promedio y con un presupuesto diez veces menor.

Un editor argentino me contestaba a las objeciones sobre el creciente precio de los libros, que no exagerara, que un libro cuesta lo mismo que una comida. Y yo le decía que quién sabe dónde había él estado comiendo, pero que había vivido la experiencia de ver a cientos de adolescentes rascándose el bolsillo en un CCH para juntar no ya los 300 pesos, sino los 50 (que es el precio promedio en nuestros tianguis) que había de restar al transporte y la torta, su dieta económica diaria, y le mencioné a uno de nuestros mejores lectores, que bajaba de Iztacalco al Zócalo a pie para sumar la lana de ida y vuelta del boleto del metro y llevarse una novela de regalo y un libro de 20 pesos.

Convocamos a los distribuidores que tenían saldos, a librerías de usado, a editores independientes y a grandes editoriales a que asistieran a los tianguis, que redujeran la oferta de libro chatarra y de autosuperación y que sacaran libros de las bodegas.

Para los editores el costo de los *stands* en las ferias es exorbitante, esto crea una presión que lleva a la venta de libros de línea con precio alto por unidad. El problema crece por los berenjenales legales que hacen que el libro embodegado sea un activo fiscal que sólo desaparece si se destruye ante notario. ¿Se están destruyendo libros en México? Sí. Y no podíamos impedirlo si no lográbamos ofrecerles a las editoriales una salida. Surgieron así los remates de libros, donde con un costo casi nulo para las editoriales, libros en pilas sobre tarimas podían sacarse de las bodegas. Con el lema: «Salva un libro, no permitas que lo destruyan» en 2010, 102 editoriales vendieron en un remate 850 mil libros.

La editorial surgió casi instantáneamente en la vida de la Brigada. Había que producir libros baratos para poderlos regalar durante las conferencias y los debates. Si conseguíamos cesiones de derechos de autor, si la Brigada hacía gratuitamente el trabajo editorial, sólo necesitábamos financiamiento para la impresión y el papel. Poco a poco las delegaciones, la Secretaría de Desarrollo Social del DF, los movimientos, proporcionaron ese financiamiento. En los primeros meses editamos sobre todo libros de historia de México: *Zapatismo con vista al mar* de Bartra, la biografía de Juárez de Salmerón, una antología de poesía de González Rojo, *La lucha contra los gringos*: 1847 de Belarmino Fernández, testimonios del 68, el John Reed con Villa en Torreón, la biografía de Jaramillo, las crónicas del temblor de Humberto Musacchio. Luego sumamos literatura y testimonio periodístico. Casi nunca retrocedimos más allá del siglo XIX, la producción de clásicos a precios muy accesibles es una labor que cubre sobradamente la industria editorial. Distribuíamos los libros al público de las conferencias asociadas a tianguis y escuelas, núcleos militantes, nunca volantearlos; necesitábamos un interés básico para que el libro fuera leído y no sólo recibido. La colaboración para este trabajo masivo recibió un enorme impulso cuando la Fundación Rosa Luxemburgo comenzó a colaborar en el financiamiento de las ediciones destinadas a la formación política.

Los primeros regalos de libros resultaron muy positivos, sólo se produjo una reacción en contra de un gerente de una casa editorial que argumentó que lo nuestro era competencia desleal, ni siquiera tuvimos que responderle, porque otro par de editores de las casas más grandes del país dijeron que se trataba de una tontería, que la creación de lectores repercutía en todos los planos, incluso en su plano comercial.

En siete años hemos publicado 151 libros (más 50 reediciones), regalando 505 mil ejemplares, a los que hay que añadir medio millón distribuido en Para Leer de Boleto en el Metro y 40 mil de Lee Mientras Viajas, que realizamos con ADO. A los que hay que sumarles cerca de 5 millones y medio de libros a muy bajo precio vendidos en los tianguis. ¿Cómo ha impactado este volumen de libros entre los lectores del Valle de México? ¿Quiénes eran estos lectores que no aparecen en las estadísticas? Habitantes del polvo de la periferia urbana. Esta legión de invisibles que compraban y leían libros en Neza, Azcapotzalco, Coatepec, Texcoco, Tacuba, el Parque del Cartero, Tláhuac, la salida del metro de Tlatelolco. Descubrimos muy pronto que estábamos incidiendo mayoritariamente en dos sectores: adolescentes con muy bajos recursos económicos y hombres y mujeres de más de 40 que volvían a la lectura.

Paloma, que desde el principio llevó la dirección de la Brigada, tomó de alguna experiencia marginal los tendederos de poesía. Con un mecate tendido y pinzas en papeles de colores brillantes colgamos poemas, el reclamo era: «Léelos, y puedes tomar el que más te guste». Así, la más humilde de las señoras, al regreso del mandado, tras darle muchas vueltas al tendedero eligió a Antonio Machado, y un adolescente que trabaja en una refaccionaria se llevó a Bertolt Brecht. En siete años, con este método y usando los tianguis como punto de apoyo, hemos distribuido 220 mil poemas.

Frente a las conmemoraciones formales la Brigada realizó dos celebraciones atípicas del Día Internacional del Libro: un año fue en la glorieta del metro Insurgentes, cuando editamos y regalamos el primer libro que quemaron los nazis, *Sin novedad en el frente* de Remarque, y al siguiente organizamos en Coyoacán la «rifa de mil libros maravillosos», a peso el boleto (no se podía comprar más de tres boletos por persona).

En 2011 una extraña ofensiva contra la Brigada se produjo en la prensa. Dos diarios locales nos acusaron simultáneamente: «Hacen propaganda para AMLO con recursos públicos». Contestamos con saña, diciendo que nuestras finanzas eran transparentes, que los apoyos que habíamos tenido de la Asamblea Legislativa del DF, la Secretaría de Desarrollo Social y la Delegación Azcapotzalco habían sido destinados a dar 39 conferencias sobre la Independencia y la Revolución en barrios marginales, 14 lecturas en comedores populares y a la creación de 24 bibliotecas en barrios de la Ciudad de México. Que habíamos distribuido 7 mil ejemplares de una biografía sobre el cura Hidalgo con costo de menos de seis pesos por ejemplar y editamos las biografías de Juan Escudero, Rubén Jaramillo y Librado Rivera con un tiraje de 10 mil ejemplares cada una. Para hacer todo esto habíamos recibido 440 mil pesos de estas instituciones. La calumnia era risible. Después de haber hecho todo lo que mencionamos, ¿qué dinero podría sobrar para financiar la campaña? Nuestra respuesta fue enviada al rincón de las cartas del lector. Vieja historia: se calumnia en 60 puntos, se rectifica en ocho.

Eran testigos reales millares de personas que asistieron a tianguis, conferencias, debates, lecturas; que recibieron bibliotecas de barrio, que se llevaron poemas de nuestros tendederos, que recibieron libros gratuitos, que participaron en canjes y en rifas. Cientos de escritores, historiadores, periodistas, investigadores sociales colaboraron dando charlas gratuitamente.

Para la celebración de la Batalla del 5 de mayo en 2012, la Brigada realizó 16 conferencias en parques públicos sobre el tema. Ese año la SEP había cerrado 13 bibliotecas en el DF y era evidente que existía una irrupción masiva de internet que en la clase media había hecho obsoletas las enciclopedias, que las librerías de viejo estaban comprando a peso los libros, como si tratara de papeles viejos. Comenzamos a colocar en nuestros tianguis una alberquita, seguro que fue a Paloma a la que se le ocurrió tan extraña idea, diciendo que recibíamos donaciones para bibliotecas. En 2011 pudimos formar las dos primeras: en la Unión Popular Valle Gómez y en el centro comunitario de Santa Cruz Meyehualco. A partir de ese momento las donaciones crecieron y hasta ahora hemos creado un centenar de bibliotecas, quizá las más importantes en la Universidad Pedagógica de Acapulco (que sorprendentemente no contaba con una) y en las casas comunitarias de Tlalpan.

Enfrentados a un intento de impedir la Feria del Libro en el Zócalo en 2013 la Brigada promovió el cerco al cerco policiaco y una docena de escritores y un par de miles de ciudadanos acudimos a llevarles libros a los policías, generando una presión que permitió su realización. El colofón de esta experiencia resultó en que desde 2014 la Secretaría de Cultura del DF nos ha permitido la coordinación de uno de los foros de la feria del Zócalo, con una asistencia a cada conferencia de 400 a 1500 personas.

Las redes sociales nos han facilitado ampliar el espacio de difusión más allá de lo que se realiza en el Valle de México, nuestra página ha recibido 557 mil visitas, 400 mil descargas de nuestros libros y 238 969 visualizaciones en el canal de YouTube donde se reproducen las conferencias.

Han sido siete años de una fiesta continua: 159 tianguis de libros, 1350 conferencias, 467 actividades artísticas, 3 ferias del libro alternativas y 11 internacionales, 6 remates de libros. Y no lo hubiéramos podido hacer sin editores, distribuidores, libreros, más de 200 autores que cedieron sus derechos para ediciones gratuitas y que fueron gratis a dar conferencias hasta la última loma de la Ciudad de México, donde se dice que Cristo perdió el sarape. Sin ellos, esto hubiera sido imposible.

A los que dijeron que el trabajo intelectual no agota, les responde la memoria de los 16 que hoy formamos la Brigada, de las miles de horas cargando cajas, recibiendo donaciones, programando las ferias, convocando a los expositores, invitando a los escritores, preparando debates, clasificando libros, rastreando en bodegas de distribuidoras, desmontando en la noche la librería, diseñando la arquitectura de los tianguis, leyendo a toda velocidad para las presentaciones, viajando hasta el último cerro de esta ciudad interminable.

Y ahora cumplimos siete años y estaremos desde el sábado 10 de diciembre durante diez días en un costado de la Alameda (Doctor Mora) con una feria del libro, un tianguis repleto de presentaciones, de libros baratos (¿no era en la Alameda donde los santacloses resolvían las peticiones imposibles?) y de enconados debates, como este país se merece.

96

LA HORMIGUITA 2

La hormiguita bajó del segundo piso de mi casa con len-
titud, salió reforzada por una miga que le había chinga-
do en el alero de la ventana a un gorrión chiquitito que
a veces me visita; durmió el sueño de las hormigas justas
y sobrevivientes, y luego entró en la casa del elefante y se
lo cogió. ¿Cómo? Con paciencia y salivita. Le había contado este chiste al Belarmino (me recordó que ya era la
segunda vez). Sólo yo me volví a reír. ¿Por qué me hacía
gracia? ¿Es políticamente incorrecto? ¿Es machista o an-
tigay? No veo cómo, no explica el sexo de ninguno de los
dos. ¿Será porque la combinación de "paciencia y salivita" es el destino de nuestra generación? ¿Será porque
desde que salí de la secundaria soy un lépero incurable?

97

WALSH (2017)

En la parte de atrás, clavada con chinchetas al librero donde el narrador trabaja en la Ciudad de México, está la foto de un hombre de 40 o 50 años con una anunciada calva y lentes muy gruesos que miran hacia el suelo; cuando hago una pausa para fumar giro la cabeza y le pregunto: ¿Voy bien, compadre? Uno crea rutinas cuasi franciscanas para sobrevivir a la Ciudad de México y a lo que Brecht llamaba «los tiempos oscuros». Hablar contigo, Rodolfo Walsh, es conversar con uno de nuestros santos laicos. Normalmente no contestas, tienes tantas dudas como yo. Inventaste para nosotros el nuevo periodismo en Latinoamérica, la posibilidad de aproximarse al día a día de la información con armas que pediste prestadas a la narrativa literaria, pero sin apartarte ni un centímetro de la investigación profunda. Curiosamente, ninguna de las visitas te reconoce; de vez en cuando me preguntan si es una foto rara de Woody Allen o si se trata de un muy conocido periodista mexicano de televisión. La pregunta me da eternamente pretexto para contar esta historia.

Qué mejor homenaje para un escritor popular que tu nombre hoy lo lleve una estación de metro.

Recorro bajo la lluvia la ciudad. Llueve en Buenos Aires, llueve de manera torrencial y tengo la suerte de que la lluvia oculte para las cámaras de televisión que traigo unas ganas locas de llorar mientras toco con la punta de los dedos tu nombre inscrito en la inmensa pared que registra a los asesinados por la dictadura.

98

TEMBLOR EN EL
PARQUE MÉXICO (2017)

Esta vez la alerta sísmica no funcionó. No se escucharon las habituales sirenas. Luego me enteraré de que el epicentro no estaba en el Pacífico, donde está conectada la red.

De repente un sentón, la silla en la que estoy escribiendo se sacude brutalmente. ¡Temblor! Grito. Siguiendo la experiencia de Paloma, bajamos las escaleras interiores botando contra las paredes. Al llegar a la calle, repleta de vecinos, nos vamos alejando de los postes y los cables de la luz. El terremoto va descendiendo de intensidad. ¿Cuánto tiempo ha pasado? ¿Un minuto?

Dos calles abajo se levanta una nube de polvo enorme. Sobre avenida Alfonso Reyes la gente masivamente ocupa el camellón frente a la iglesia. Veo pasar a 30 niños rodeados con una cuerdita, protegidos por sus maestras. No será la última vez que me entren ganas de llorar en los próximos días.

La primera reacción es detectar dónde están las zonas peligrosas, los edificios que se han desmoronado. ¿Dónde ayudar? Quedaremos sin luz durante horas, la comunicación telefónica y la red funcionan irregularmente.

En el Parque México, en horas se concentran millares de voluntarios. Por todos lados hay acopios de víveres; a media cuadra de mi casa al menos tres pequeños restaurantes han puesto una mesa en la puerta y comienzan a ofrecer y recoger ayudas. La familia llegamos con una caja de sándwiches.

La garganta se me cierra por la emoción. No puedo hablar, me refugio en las anécdotas, los lugares comunes; tampoco puedo escribir. Algún día tendré que preguntarle a un sicólogo a qué horas he perdido la capacidad periodística de la respuesta inmediata. Tomo notas, observo fotos, sigo la red tratando de conectar voluntades con necesidades.

He visto un perro volando.

He visto un bombero con alas de ángel.

He visto cómo miles de ciudadanos con cuerdas lograban levantar una monstruosa losa en una acción digna de los constructores de las pirámides.

He visto miles de rostros agotados bajo la lluvia.

Tengo que llevar una caja de libros de regalo a la ferretería en la calle Sonora, que de inmediato tras el temblor puso su inventario gratis para los rescatistas.

He oído con emoción y júbilo las sirenas de las ambulancias, que esta vez indicaban no el desastre sino que alguien había sido rescatado con vida.

En estos milagros que la red produce, recibo por tercera vez en la mañana a emisarios de DHL, que @Jazeli desde San José Iturbide, Guanajuato, me envía paquetes de pilas comprados en Amazon, cascos y máscaras, y tengo la misión de hacérselos llegar a una brigada de Greenpeace.

He visto en un video a policías federales defendiendo un convoy de víveres que estudiantes de Guanajuato llevaban, ante el intento del ejército de obligarlos a descargarlo en la carretera. He visto como un policía les decía a los soldados «Así no se trata a la gente», y cómo respondía a las presiones en un ambiente en el que abundaban las armas (se ve a no menos de 20 soldados), para decirles: «Yo soy un servidor público y además soy ciudadano. Así no se trata a la gente. Los muchachos vienen a entregar la ayuda y eso vamos a hacer».

Los brigadistas buscan señales de identidad; rápidamente las encuentran en el puño en alto que significa *silencio*.

Vi la foto de una anciana en San Cristóbal de las Casas entregando sus gelatinas en una mesa de acopio. La miseria es solidaria. Pero he registrado, observado, escuchado decenas de casos de industriales que prestaban sus maquinarias, entregaban fondos, aportaban alimentos. Pareciera que la condena clasista a la inhumanidad no opera como regla. Y claro, los había, como siempre, que ocultaban los fraudes, promovían desalojos pensando en futuros paraísos turísticos, pensaban en negocios, o en el caso patético del México gandalla que se esconde en los subterráneos de nuestra sociedad, donde le robaron la tarjeta bancaria a un muerto.

Mi familia, impulsada por mi hija Marina, vive entre las visitas al Parque México y la red que me informa y me hace colaborar en las cosas más extrañas.

Rest @Comixcal Santa María la Ribera había hecho una colecta, les llegó un camión muy grande para Juchitán, y entonces Twitter enloqueció para reunir más cosas. Los compañeros de Zello, con la radio base en Tlalpan, avisan que tienen ropa para llenar el camión. ¿Puede el camión de Comixcal pasar a Tlalpan? No puede porque está vigilado por GPS, que obliga al camión a salir del punto A al B y el chofer no se puede desviar. El canal de Zello de Estafeta nos dice que en ese momento no pueden mover camionetas, porque levantaron el Hoy no Circula (volvieron las arañas y demás sistemas de joder a la gente) y los están parando. El camión no se pudo llenar (hace dos días). Ahora que reabren los de Comixcal, les hemos prometido divulgar ampliamente su menú. José María Yazpik en vivo hace un periscope desde uno de los siniestros, pidiendo nueve eslingas de 5 mil kilos (¿qué es una eslinga?). Lalo Cervantes, al que un día voy a conocer, aparece en algún momento de nuestra vida en el *timeline* de Twitter y consigue cosas imposibles, por ejemplo a mitad de la noche, diez polines.

He conocido la historia de la puerta del taller de costura en la calle Chimalpopoca que estaba cerrada con candado, y cuando sonaron las alarmas impidió que las obreras salieran.

Vi policías desplegados con escudos, como si fueran a reprimir una manifestación, para quitar a la gente del camellón de Álvaro Obregón.

En Santa Rosa Xochiac «el pueblo no puede esperar a que las pongan en cajitas del DIF». En la frontera entre Morelos y el Estado de México, militares obligan a abandonar la ayuda que llegaba: «Ya que son donativos, los tienen que dejar».

Mientras de un lado brota masivamente una estructura basada en la confianza, el esfuerzo, el sentido común, un aparato gubernamental desbordado trata de mantener su orden. Mucho pueblo para tan poco gobierno. De veras, mucho pueblo. La mayoría de las intervenciones estatales son para controlar, no para organizar. No saben los funcionarios trabajar con el pueblo, les molesta, les estorba, en muchos casos para tapar sus errores, sus irresponsabilidades, sus corruptelas; en otros, simplemente porque no conocen otra manera de pensar que la que surge del autoritarismo azteca a lo pendejo.

Hay muchas excepciones, cierto, pero un soldado, un policía responde invariablemente a preguntas, de cualquiera que se las haga, que tiene órdenes, instrucciones, no respuestas. El sentido común se ha evadido del aparato estatal. ¿Por qué no coordinan el esfuerzo de la gente?

¿Por qué le tienen miedo a la maravillosa explosión de solidaridad espontánea?

El ejército controla el Parque México y cierra el acceso a la concentración de voluntarios. Mientras tanto, cada rescate es un éxito. Las manos en el aire jamás se me olvidarán.

Me cuentan que en Cuernavaca la gente impidió que los camiones que traían apoyo desde otros estados se concentraran en manos del DIF local y organizaron los repartos. ¿De verdad, dada la trayectoria del gobierno estatal, depositar las ayudas en el DIF era una garantía?

He visto algo que sabía que iba a suceder. El maleficio que había mantenido a decenas de miles de jóvenes en la apatía, la acusación de que el único ejercicio social que sabían hacer era teclear pendejadas en sus teléfonos, se ha desmoronado: la versión interesada de los que tienen miedo a la circulación de información sosteniendo que las redes eran mayoritariamente frivolidad, ha quedado arrasada por las circunstancias. Una generación, una enorme parte de ella, la más sensible, la más sana, ha hecho suya la solidaridad y la calle; ha mostrado en centenares de miles de ocasiones lo que vale. ¿Y luego?, me preguntan algunos tarados, como si los cambios que produce una sociedad tuvieran que tener garantía de una aseguradora de Monterrey, o recibir el beneplácito del Vaticano.

99

PATRIA (2017)

Escribí *Patria* a causa de varios personajes y una sensación.

La incómoda pregunta política era: ¿cómo es posible que la izquierda a lo largo de tantos años no haya desarrollado una visión épica del liberalismo armado mexicano del siglo XIX?

Se trataba de 14 años, de 1853 a 1867, que recorrían lo que se llamó la Revolución de Ayutla contra la dictadura de Santa Anna, la Constitución del 57, la guerra de Reforma, la intervención hispano-anglo-francesa, la guerra republicana contra los franceses y luego contra el Imperio de Maximiliano.

Los mexicanos de a pie no habíamos podido desbordar una historia de bronce muy desinformada y caótica, no teníamos empatía con una historia apasionante y tremendamente amena.

Exploré el asunto primero con una novela, *La lejanía del tesoro*, luego con la minibiografía de Mariano Escobedo, luego con *Los libres no reconocen rivales*, sobre la primera batalla de Puebla. Luego, tres años de larguísimas noches de investigación y narración. Luego el terror de entregar a la editorial un manuscrito de mil páginas. Y luego a cruzar los dedos, porque no hay nada más triste que un libro sin lectores.

Canibalizo fragmentos del primer capítulo:

«Liberales rojos, hijos de un país que prácticamente en 15 años no les dio respiro. Abogados que se interesaban por la astronomía, poetas que se transmutaban en generales, periodistas que se volvían ministros y que tenían que aprender a manejar la imposible deuda pública. Como registra Guillermo Prieto: "Zaragoza […] sastre y dependiente de comercio, Comonfort empleado oscuro de aduanas, Degollado empleado y contador de la catedral de Morelia", y sigamos la lista sin don Guillermo: Aramberri, estudiante de Ingeniería; el propio Prieto, panadero fracasado y poeta populachero; González Ortega, tinterillo; Ocampo, heredero agrario provinciano, erudito hasta la saciedad. Periodistas que para sobrevivir a la censura se volvían pajareros, como el Nigromante; orgullosos pero humildes como Santos Degollado, que siendo general cosía los botones y remendaba la ropa de sus oficiales.

»Federalistas hasta la obsesión, reaccionando ante los terribles males que el centralismo había producido en el país y premonitoriamente proponiendo el modelo federal y la limitación del presidencialismo. Pero su federalismo en tiempos de guerra estaba lastrado por la falta de coordinación y generó un presidencialismo no exento de autoritarismo. Con esa contradicción habrían de vivir estos 14 años.

»Endiabladamente inteligentes, agudos, esforzados, laboriosos; personajes terriblemente celosos de su independencia y espíritu crítico, honestos hasta la absoluta pobreza. Incorruptibles, obsesionados con la educación popular, hijos de la Iluminación, las luces, el progreso, el conocimiento, la Ilustración, la ciencia. Atrapados sin quererlo en el amor a las bombas de agua, las fraguas, las máquinas de vapor, las imprentas, los elevadores, las carreteras; en el amor al ferrocarril, sin acabar de entender que en sus ruedas transportaría no sólo el progreso sino también una nueva forma de barbarie. De esta falsa idea de progreso los salvaba una mentalidad que no daba por bueno lo históricamente inevitable, que veneraba las costumbres, lo popular, al pueblo llano, a los trabajadores y los artesanos, los oficios mayores como el de impresor o los pequeños como el de aguador.

»Casi ninguno, si excluimos a Ponciano Arriaga, al Nigromante y a ratos a Altamirano, tenían sensibilidad ante el mundo indígena, porque percibían que en él se refugiaba el clero rural, el eterno enemigo del Estado y del progreso. No pasaban de ofrecer una sensibilidad amable, una mirada piadosa. Pagarían su error al no entender que había un camino en reconocer al México pluriétnico, levantado sobre la igualdad, pero también sobre las diferencias.

»Eran defensores de la parte radical de la Independencia y su memoria, de la que se sentían herederos, en varios casos herederos directos como Riva Palacio de Vicente Guerrero.

»Dotados de una curiosidad infinita y de una vocación de poner en el papel las historias y las cosas para que no desaparecieran, escribían. Tenemos constancia de los diálogos epistolares (escribían como locos), de las intervenciones públicas, de los debates periodísticos, de las crónicas, memorias y apuntes de diario, que aunque hayan perdido muchas conversaciones y diálogos, dejan constancia de una generación que estuvo envuelta en una conversación permanente. Eran grafómanos hasta el agotamiento de papel, pluma y tinteros en una época que no proporcionaba ni modestas máquinas de escribir, lo que haría que la obra de una docena de ellos pudiera llenar una pequeña biblioteca. Los escritos de Zarco reúnen 20 tomos, los de Guillermo Prieto 32, los del Nigromante 8, los de Altamirano 24, Riva Palacio 11, Manuel Payno 17, Melchor Ocampo 5.

»Casi todos o eran poetas o eran lectores de poesía y poetas vergonzantes. Eran fervorosos periodistas en un país que no sabía escribir y confiaban en que el que leía le contara al que no lo hacía, cerrando el mágico círculo de la palabra. Ramírez colaboró en la etapa al menos en 21 periódicos, Prieto fundó media docena en la marcha hacia el norte huyendo de los franceses, Zarco escribía editoriales diariamente de 25 cuartillas para *El Siglo XIX* antes de que existiera la taquigrafía.

»Vivían en la retórica, apelaban a las grandes palabras, les gustaban los brindis, los discursos, las "coronas", los homenajes, las arengas, las galas sin boato monárquico, pero con abundantes clarines y tambores. A cambio eliminaban los títulos para reducirlos al "don" y al "señor", y al mucho más novedoso y honroso cargo de "ciudadano".

»Les salvaba el sentido del humor, punzante, maligno, como el del general González Ortega, poeta comecuras en la adolescencia, la broma amarga del Nigromante, la permanente y desvergonzada sátira de Guillermo Prieto. Los mejoraba su ingenio, su capacidad de resistir las críticas, que se expresaba en una defensa a ultranza de la libertad de expresión. Eran poseedores de un sentido del humor y de una independencia de criterio que a veces los hacían perder hasta las mejores amistades y las más sólidas alianzas».

100

VICTORIA
(JULIO DE 2018)

Se me han borrado las imágenes de la victoria del 18, las imaginativas, las ilustrativas, las que condensan emociones. Ni siquiera tengo recuerdos de cómo seguimos el conteo que daría a Morena arriba de 53% para la Presidencia, 30 millones de votos. Yo era representante del partido en una casilla en mi colonia y esa era mi frontera visual. Sólo me queda el recuerdo de pasear por la ciudad en el Athos azul de Paloma hacia el Zócalo, tocando el claxon como locos y cruzándonos con grupos, grupitos, multitudes de mexicanos que avanzaban hacia la plaza mayor de la República.

¿Cómo es posible que los recuerdos sean tan vagos? ¿Con quiénes nos reunimos? ¿De qué hablamos Paloma y yo al amanecer del día siguiente?

Mi tío abuelo se quejaba a los 80 años amargamente de la memoria propia, decía: ¿Cómo es posible que recuerde los nombres de los sobrinos de Rico Mac Pato

(Hugo, Paco y Luis) y se me haya olvidado el inicio de algunas de las sinfonías de Beethoven?

101

LOS LIBROS (2018)

Andrés Manuel me pidió que interviniera en el acto público conmemorando el 2 de octubre. Al final de la ceremonia me hizo un gesto, y cuando me acerqué me dijo: «Vente a dirigir el Fondo de Cultura Económica». Lamentablemente, una cámara de tele y un micrófono nos apuntaban y la noticia se filtró. Nos reunimos esa noche en su casa, no tenía refrescos de cola, pero sí patos pascuales. Yo había llevado a Paloma para que me sirviera de testigo. Me propuso que me hiciera cargo del sector del libro estatal: Fondo de Cultura, Educal, DGP. Intenté una tímida defensa que me desarmó de un plumazo: «Hemos peleado tanto por cambiar este país, y ahora que podemos hacerlo nos echamos para atrás». Intenté otra timorata objeción: «En las noches voy a seguir escribiendo» (no sabía cómo se iban a achicar las noches) y «Me reservo mi derecho a discrepar en público». «Dale», dijo. No vi a Beatriz, tenían a su hijo enfermo y estaban en el piso superior, pero Andrés le consultó cosas. Nos dimos la mano.

Salimos a la calle. Hacía frío. Era sorprendente la falta de vigilancia que tenía el presidente electo. Paloma me dijo:

—Te fregaste.

—¿A la buena?

—Sí.

102

TODA HISTORIA ES PERSONAL
(2018-2019)

Me cuestiono si vale la pena contar estas historias. Quizá sea un ejercicio destinado a medir al enemigo más que a nosotros mismos.

Supuestamente todo empezó con mi respuesta a las declaraciones de Alfonso Romo, asesor económico de la 4T, de que la Reforma Energética no sería echada para atrás si ganaba Andrés. O como decía la experta en temas petroleros María Fernanda Campa: «De Alfonso Romo a los inversionistas: respiren tranquilos. El virtual presidente electo no utilizará su mayoría en el Congreso para dar marcha atrás a la histórica reforma que permitió el regreso de las petroleras extranjeras a la industria». En palabras del propio Romo: «Va a ser un paraíso para los inversionistas extranjeros».

Mi respuesta fue preguntar a nombre de quién hablaba Romo, porque en los congresos y consejos nacionales de Morena había quedado claro que no se negociaba con las reformas neoliberales. Quizá el tono con que hablé no era el adecuado, porque siempre he sido incapaz de vivir en los marcos de lo políticamente correcto, pero era clave fijar la posición de millones de mexicanos que veíamos en las viejas reformas la envenenada presencia del neoliberalismo. El asunto fue materia de amplia circulación mediática que trataba de confrontar a López Obrador con las dos posiciones. Andrés salió de la trampa señalando la pluralidad de Morena.

Los operadores negros de la red machacaron sobre el tema.

El 28 de noviembre de 2018, como ando habitualmente falto de mesura, se me ocurrió decir al final de una conferencia de prensa en una presentación en Guadalajara que el resultado de las elecciones era que: «Se las habíamos metido doblada». La declaración, aunque admitía múltiples interpretaciones, como por ejemplo que habíamos doblado en cuatro cuidadosamente la boleta y la habíamos depositado en las urnas, causó el furor de la red negra, a la que placenteros se sumaron feministas políticamente correctas de Morena y algunos sectores del movimiento gay (porque los más recordaban mi amplia participación en sus movilizaciones en años anteriores).

Cuando Andrés Manuel me encargó la dirección del FCE y la fusión de facto con otros sectores de la operación estatal del libro, sonaron de nuevo los cañones de la red negra. El 3 de diciembre del 18 el nuevo equipo de administración del FCE se vio bloqueado y a lo más que llegamos fue a tomarnos una foto en una escalera del complejo del Ajusco. La administración de Carreño Carlón y sus cuijes bloqueó la entrada con un argumento leguleyo: yo no podía dirigir el Fondo de Cultura Económica porque no era mexicano por nacimiento. Nos tomó tres semanas romper la trampa y fui nombrado gerente editorial con funciones de director. No sería sino hasta el 7 de febrero que el Congreso aprobara una ley que devolvía lógica constitucional cuando restablecía los derechos iguales de mexicanos por nacimiento y nacionalización. La red negra en la prensa la llamó la «Ley Taibo».

Para esto, nosotros llevábamos trabajando meses, tratando de desbaratar el desbarajuste y falta de sentido del viejo Fondo heredado. Coloqué en mi despacho fotos de Rubén Jaramillo, Pepe Revueltas y un retrato de Joseph Ignace Guillotin.

Un año antes o cosa por el estilo, discutiendo en una mesa redonda sobre el cardenismo y la interacción entre el caudillo y las bases sociales, yo había dicho que la presión social era indispensable, que nos imagináramos —y en aquel entonces había que hacer un ejercicio de imaginación potente— que un día después de haber llegado a Los Pinos, los magnates de la industria amenazaban a López Obrador para que suavizara sus propuestas proponiendo llevarse sus empresas a Costa Rica, y que la única opción era que esa misma noche millones de mexicanos marcharan a Palacio diciendo si actúan así: ¡Exprópialos!

Las legiones negras de la campaña sucia pusieron en la red el mensaje en términos de que yo proponía la expropiación generalizada de todo lo privado en el país, e incluso, de nuevo los diarios se hicieron eco de esa versión, bastante jalada de los pelos. ¿Iban los grandes capitalistas a chantajear con llevarse sus industrias a Costa Rica? ¿Creo en la necesidad de las expropiaciones en abstracto? Vale madres lo que yo crea, están consagradas en la Constitución y definidas como el derecho a expropiar bienes privados por razones de «utilidad pública. ¿Se presentaría ese excepcional caso, y de presentarse estaría en derecho la nación a utilizar esta carta extrema?

A los operadores alquilados se sumaron varias decenas de columnistas, muchos de ellos conocidos por cobrar de los fondos del *chayote* del viejo aparato del Estado, y otros simplemente —y quiero creer en la bondad de sus actos— alucinados y paranoicos reaccionarios. A ellos se sumaron millares de *bots* que no eran de ultraderecha, sino pobres hijos informáticos del más sórdido desempleo y cobraban por calumniar.

No me sentía particularmente afectado por la campaña, que tuvo momentos divertidos como cuando argumentaron que mis padres eran exiliados españoles comunistas de los cuales había heredado mi delirio radical (cosa por cierto falsa, mis abuelos eran socialistas y anarcosindicalistas). Que no te quieran tus enemigos produce un poco de insano orgullo, pero me enfadaba que a veces algunas voces de la izquierda dieran validez a las versiones de los titulares de la prensa, como las del insistente caso del diario *Reforma*, o de la totalidad de la cadena de *El Sol de México*, gracias a eso se enteraron hasta en Irapuato, que yo quería expropiar todas las empresas de la nación: todas, no una o algunas, sin ver el contexto y el tiempo en que se habían producido las declaraciones.

Salí en esos días a una gira por Italia programada desde hacía seis meses para negociar derechos de autor de historiadores italianos, participar en las ferias del libro de Perugia y de Turín y presentar la versión italiana de *El olor de las magnolias* en otras cinco ciudades de la península, con lo cual al FCE le salía gratis el viaje. Volvió a actuar la campaña negra diciendo que era falso, que yo estaba escondido, y por más que Guillermo Arriaga —que me acompañaba en la gira presentando su libro— mandara fotos, no hubo manera y hasta a él le llovió en la red.

Que la campaña se estaba volviendo bastante sucia no me cabía duda, pero que yo sólo era una divertida víctima colateral y los cañones estaban dirigidos a López Obrador era obvio. El siguiente paso fue la aparición en las redes de una declaración mía, cuando estaba hace tres años en las presentaciones de *Patria*, en la que comentaba las intenciones de Juárez de no amnistiar a Maximiliano y terminaba diciendo que aún quedaba mucha tierra libre bajo el cerro de las Campanas para los traidores. Recordaba el artículo 23 de la Constitución del 57 que otorgaba la pena de muerte a los culpables de «traición a la patria en guerra extranjera». La declaración tomada por los artífices de la campaña negra, enloqueció a varios más. Desde columnistas no muy serios hasta adolescentes mochas que aseguraban que yo proponía fusilarlas, se dieron por aludidos en la definición de «traidores» que fraguaron.

Y la cosa no paraba: poco después apareció en la red una foto mía con una camiseta en la que se leía «Menos Paz, más Revueltas». Lo cual, para los que la divulgaron (alguien me dijo que había surgido de los operadores cibernéticos de la campaña del PRI), profundizaba en mi reciente fama de mataburgueses y era tirar como baja colateral de nuevo sobre Andrés Manuel, cuyo «real pensamiento», se decía tratando de restarle voto de centro, estaba más cerca de estas supuestas posiciones que de las de otros miembros del gabinete, aunque lo enmascarara. La historia tenía gracia: tres años antes estábamos en el Zócalo, la Brigada para Leer en Libertad coordinaba el Foro José Revueltas y al lado teníamos el Foro Octavio Paz, y un fan me regaló la camiseta que decía «Menos Paz y más Revueltas», que me puse de inmediato. Más allá de mis preferencias literarias, se estaba volviendo chistoso el asunto porque la prensa canalla se hizo eco de inmediato con todo y foto.

Pero todavía se había de producir el hecho más absurdo de esta rocambolesca historia. Paloma y yo habíamos ido hacia Acapulco para participar en una reunión con activistas. Desde luego habíamos pagado los gastos de nuestro bolsillo, la mañana siguiente buscábamos un lugar donde ver el encuentro de futbol, que no transmitían en televisión abierta, y fuimos a dar a La Concha. Mientras me aburría con el partido y nos comíamos unos huevos rancheros de cien pesos, un personaje medio torvo (luego identificado como panista) me filmó desde lejos. Eso no era novedoso. Lo inusitado es que fue a dar a la red con el mensaje de: «Así desayuna Paco Taibo en un hotel de lujo», y lo más novedoso es que un periódico nacional se hiciera eco de esto. ¿No tenían nada más serio que informar? Me divertía pensando que el siguiente paso es que aparecieran fotos mías *fotoshopeadas* con corbata y esmoquin.

Y no quiero alargar narrando las decenas de agresiones de la red negra durante estos últimos años. Lo paradójico es que cuando más atractivo soy para sus calumnias, más popular me vuelven ante el pueblo llano.

103

GUILLERMO Y JULIO EN EL FONDO
(2018)

Le daba vueltas y vueltas, a veces con la ayuda de Paloma, porque necesitaba personas clave para el equipo con el que dirigiría el Fondo de Cultura Económica. Los nombres iban surgiendo, pero dos de ellos saltaron de inmediato: un gerente general, y algo sui géneris: un chofer de absolutísima confianza que además recorriera el aparato diagonalmente, sin trabas burocráticas, recogiendo la sensibilidad de lo que pasara desde abajo. Guillermo Fernández era el gerente ideal, pero el salario que le podía ofrecer era una mierda comparado con lo que habitualmente ganaba. Tenía una historia muy peculiar, al igual que la de nuestras relaciones durante 40 años: miembro del Consejo Nacional de Huelga del 68, exiliado en Francia; a su regreso, una extraña situación familiar lo obligó a aceptar un trabajo en la industria, donde sus sabidurías de financiero y economista lo llevaron a ser director general de importantes transnacionales. Durante esos años mantuvimos una estrecha amistad y me usó para informar en el mundo del sindicalismo democrático de movidas y enjuagues de los organismos patronales, sin que yo pudiera decir quién era mi fuente. Cuando estábamos a punto de iniciar los trabajos, me reuní con él:

—¿Se te antoja acompañarnos? Necesito un gerente general que tenga una visión financiera internacional y una mirada político-económica del sentido de la 4T, y creo que el FCE puede pagarte una cuarta parte de lo que cobras normalmente.

—Dame cinco minutos. —Se cambió de cuarto. Consultó con Ana, su maravillosa esposa, también economista, y regresó a los tres minutos y medio—. ¿Cuándo empezamos?

Él sería el autor de una máxima que nos acompañará por años: «A veces es más útil pedir perdón que pedir permiso».

El chofer fue Julio Castro, taxista y activista del Buzón Ciudadano, del movimiento en Tláhuac y en la Central de Abastos, al que me unía una profunda amistad. Él recorrería desde abajo el FCE y Educal encontrando derroches, injusticias, transitas y transotas, recogiendo quejas y aportando sentido común. Muy pronto, además de ser chofer de toda la dirección 24/7 (24 horas por siete días a la semana), se volvió lector de posibles Vientos del Pueblo, entrenó al 1, su ayudante, Mauricio-Mau, revisó velocidad de distribución, calidad de surtido a las librerías y fue el organizador de comidas de trabajo lo más baratas posible (tortillas, chicharrón, aguacate, pollo rostizado, papas) donde los asistentes pagaban rigurosamente su parte, proporcional a su salario. Julio era indispensable.

Ambos fueron piezas claves del equipo. El covid se los llevó, la herida permanece.

104

EL INFIERNO (2021)

Y sigo pensando que los que tengan cuentas secretas en las Islas Caimán irán al infierno, los que no paguen salario mínimo irán al infierno, los que disparen contra un campesino desarmado irán al infierno, los que le recen a san Jacinto y vean con desprecio a un mendigo porque les afea la ciudad se irán al infierno, los que cobren por mentir en un programa de televisión se irán al infierno.

Y si son mexicanos, a un infierno bien pinche donde no haya agua, nomás tequila Herradura degradado por el sol y nopales hervidos sin sal, y los únicos periódicos que circulen sean *Reforma*, *El Universal* y los artículos de Rafa Pérez en *Milenio*. Un infierno donde al amanecer cantará *Las mañanitas* por la red de megafonía un coro religioso de diputadas panistas y los recluidos sólo tengan un par de pantalones y un saco de pana raído, y a la entrada les decomisarán a las ñoras el vestido de Dior para hacer jergas y trapos de cocina.

Ni modo, son cosas que uno piensa y pensar no es pecado.

105

FOTOS (2021)

Armando Bartra y yo coincidimos al recordar que en 1968 estaba mal visto dejarte fotografiar. Nunca se sabía el destino que podría tener esa foto, y si al final estarías en una línea donde los torturadores, foto en mano, te identificaban. Ahora, lejos, muy lejos, pasamos por la fiesta mediática de los ochenta o de los dosmiles, el «como nomás tengo esta jeta, vamos poniéndola de frente», y desde luego a años luz del celular que captaba el jolgorio político del Yo Soy 132. En el 68 rehuías la foto, te girabas en el último momento, subías el periódico, levantabas la botella de cocacola. En los dosmiles todos tenían un celular o dos o tres, y te sacaban selfis mostrando que estaban allí para siempre.

Así han llegado centenares de fotos a mi vida. Algunas maravillosas, como la serie de uno de nuestros mejores lectores, el Sebas, con el que me he retratado puntualmente en ferias del libro desde que tenía cinco años, y hoy tiene 15. O la compañera que se me acercó en la oficina de la Rosario Castellanos para mostrarme una foto en que acompaño a su abuela de 99 años en una manifestación.

Pero en esta colección casi interminable no hay fotos del 68, tengo que inventarme en multitudes, adivinarme en masas que huyen ante los granaderos, imaginar fotógrafos que disparan lo que yo nunca veré.

106

LOS *CHAYOTEROS* DE AYER SON HOY LOS PORTAVOCES DE LA LIBERTAD DE EXPRESIÓN (2020)

Como ya conté, las televisoras tenían la mala costumbre de hablar en un país que no podía contestarles por más que su mensaje en una sola dirección no fuera muy creíble, y a fuerza de reiteración iban construyendo la opinión de muchos: «Lo dijo la tele». ¿Y qué decía la tele? En el despacho de Jacobo Zabludovsky, el zar de la tele durante décadas, había un teléfono rojo con el que se comunicaba antes del noticiero con el secretario de Gobernación priista, quién le permitía cierta información y aseguraba el tono. No sólo era censura, era descarada corrupción.

Pasé efímeramente por Canal 13 y pude ver los recibos de Pedro Ferriz por grabar con equipo del canal fiestas o bodas y facturarlos a privados.

En una gira presidencial por los Estados Unidos, Comunicación Social de Presidencia llevaba un cofrecito con dólares para pagar a los periodistas que acompañaban la campaña como sobresueldo.

En los primeros días del gobierno democrático de Cuauhtémoc Cárdenas en la Ciudad de México, el Güero González me invitó a la oficina de prensa y me mostró un cajón que había desaparecido: no el contenido, el cajón metálico completo. Era el cajón de los chayotes de la oficina de prensa. Se habían llevado todo, hasta las cintas de las máquinas de escribir, el motor de un coche y las engrapadoras. Pero curiosamente habían dejado atrás una lista de «apoyos» mensuales a periodistas, con cifras al lado de cada nombre, pero sin firma de recibido. La lista era extraña, muy probablemente en un 70% era cierta, pero aparecían varios nombres que me causaron sorpresa. Javier dudaba: ¿la dejaron atrás para que se hiciera pública? Había dos posibilidades: que fuera cierta, o que el jefe de prensa de la administración pasada justificara los gastos a sus superiores con esta lista, pero que varios de ellos nunca hubieran visto ese dinero y él se lo había embolsado. Finalmente se decidió no hacerla pública para no destruir a inocentes.

Estaba buscando a mi padre en una cantina en Bucareli donde solía tomarse una cubalibre a medio día, y me acerqué a la mesa donde se encontraban varios de los editores de secciones de *El Universal*, uno de ellos tomó la cuenta y pagó mientras decía: «Menos mal que esto es lo que me llega de Presidencia, porque si les tengo que pagar sus tragos con mi salario, pónganse a beber tehuacán».

Si se revisan los últimos 30 años de facturas emitidas por jefes de información, conductores de radio y televisión, aparecerán miles de pagos de secretarías o empresas estatales por concepto de «infomerciales». Información dolosa disfrazada de publicidad comercial en la factura, pero no en la forma en que se presenta.

Durante una campaña presidencial, una curiosa llamada llegó hasta nosotros: «Si se paran en la puerta de *Milenio*, a las cuatro de la tarde llega un motorista para entregarle al jefe de información un sobre del PRI». Y daba la ruta del mensajero por otros cinco periódicos de la capital. A lo mejor sólo iba de visita.

Todo esto y doscientas historias más, mil cosas más, es público y sabido por millares de personas. Podría reunirse un libro blanco con anécdotas como estas de unas cinco mil páginas. Si revisan con lupa los ingresos de la mitad de los comentaristas de la radio, la tele y los diarios nacionales encontrarán ingresos no justificables de su servicio servilísimo al sistema PRI-panista. Hoy son los portavoces de las campañas a favor de la libertad de expresión. Paradoja mexicana, los *chayoteros* de ayer viven bajo un ataque de profunda nostalgia, aunque traten de oscurecer sus asquerosas razones.

107

PACO *TEC* (2021)

Yo uso u tube y mi tube y su tube. Gracias a mi hija Marina, sin ella, un pretecnológico como yo habría mandado mensajes nunca mejor dicho a la nube, pero a la de los cuadros de Van Gogh. No habría podido enviar tuits, mensajes en Facebook, conectar con Radio Pochutla, watsaps, telegrams por miles, colarme en un instagram clandestino y otras mil chingaderas, incluidas tiktoks y señales de humo.

En el origen estaba Luis Befeler, quien impulsado por Paloma me convenció hace mil años de que pasara de una Olivetti Lettera a una computadora. Y ahí descubrí el placer de reescribir, los archivos paralelos, las bondades de la comunicación instantánea.

Y me enfado cuando dicen que la red es perversa, es superficial, está dominada por *bots* (que no son reaccionarios enloquecidos, son hijos pinches del más pinche desempleo). La red es democracia a lo bruto, desahogo de ancianos aún adolescentes, llamado de auxilio de adolescentes ancianizados; espacio de la mejor poesía y de la más tonta frivolidad, y desde luego terreno de guerra cruel.

108

CIUDAD (2021)

Ya se vuelve un lugar común eso de decir que uno está prendido como por un cordón umbilical a esta ciudad, a este país, atrapado en una mezcla de amor y odio. Repaso mis propias palabras. Me siento el último de los penúltimos de los mohicanos. Constato, confirmo: no hay odio. Sólo una enorme, una infinita sensación de amor por la ciudad mutante en la que habito y me habita, sueño y me sueña. Una voluntad de amor que más que definirse en la rabia, la posesión o el sexo, se desliza a la ternura. Deben ser las manifestaciones, el color dorado de la luz en el Zócalo, los tenderetes de libros, los tacos de carnitas, los ríos de solidaridad profunda, los amigos del taller mecánico que me saludan al paso. Será este maravilloso sol de invierno. Será.

109

ELLOS (60 AÑOS DESPUÉS)
(2022)

Ellos habían hecho pública su intención de vivir cien años, y estaban reclutando con bastante éxito, en asambleas y conferencias, a voluntarios para que en un futuro no demasiado lejano empujaran sus sillas de ruedas en las manifestaciones.

Pero la sensación de inmortalidad se había debilitado. Varios se estaban muriendo. De vejez, de covid, de agotamiento del cuerpo, de un poco de nostalgia de lo que fueron.

Aun así ellos se habían hecho una camiseta que en el frente decía: «Nacidos para perder», y en la parte de atrás: «Pero NO para negociar». No era la única, había tenido éxito la de un Kalimán que mostraba un retrato de Lenin en el pecho, o la de la bandera del Batallón de Dolientes de Hidalgo, aquellos insurgentes jurados a vida y muerte a los que acabaron asesinando.

Ellos gozaban las *mañaneras* cuando Andrés redoblaba

el tambor machucando a reaccionarios, oligarcas y mochos neoporfirianos.

Ellos habían aprendido que no existe tal cosa como «la victoria final», sino una sucesión de triunfos y fracasos que obligaban a asumir que la guerra contra el gran capital y sus demonios era a perpetuidad y que todo avance hegelianamente escondía la posibilidad del retroceso.

Ellos pensaban que un paranoico es un mexicano dotado de sentido común, que el abuso y la mentira son hijas fieles y muy difícilmente erradicables del sistema nacional; que la muerte es una constante, que no existen los accidentes ni las casualidades, que cuando apuntan, disparan, y cuando levantan el garrote, pegan; conocían que cuando te enseñan los dientes es que te quieren morder.

Ellos también sabían que hay un espacio para la ternura, que la terquedad no era una razón para que te regañaran cuando eras niño y, sin duda, que lo único permanente es la resistencia.

Ellos navegaban por la eternamente justa y a veces injusta y abusiva sociedad mexicana como envejecidos robinhoods, negándose a la jubilación, plenamente conscientes de que si Cristo viviera en México sería franelero en la Merced y si Marx hubiera nacido en Toluca habría muerto fusilado a la vera de Rubén Jaramillo.

Ellos y ellas habían aprendido a usar ambos genéricos, se habían enamorado, desenamorado también locamente, casado, rejuntado, divorciado, abandonado, de-

327

sertado, huido, tenido hijas. Se habían autodesfalcado usando tarjetas bancarias con cuyos créditos pagaban los intereses de otras en un tiovivo que llevaba a la quiebra; habían comprado enciclopedias británicas y a la hora del divorcio no sabían cómo repartir los tomos.

Habían corrido mundo, llegado a Nicaragua y El Salvador, a Moscú, Leipzig y Madrid, incluso a Roma y París; los menos hasta Nepal para poder fumar mota abundante y a gusto. El mundo no les era menos distante ni menos extraño, pero era igual de ajeno.

Habían descubierto una frase de Auden que les resultaba atractiva para normar su relación con el enemigo: «Por lo tanto, pelea con todo tu coraje / y con todas las artimañas descorteses que conozcas, / y ten bien claro esto: / su causa, si la tenían, ya no les importa; / odian por odiar».

En estos años ellos habían leído una novela de Pino Cacucci que llevaba un título afortunado: *En cualquier caso, ningún remordimiento.*

Ellos habían vivido auges y reflujos, subidas y bajadas de la súper rueda de la fortuna de la lucha de clases, años de enfrentamientos sindicales que terminaron en parciales derrotas y despidos masivos, el encuentro con la opción electoral como otra forma de lucha, el nacimiento del PRD y su posterior corrupción y desastre, los fraudes, los asesinatos de toda una generación de dirigentes campesinos y maestros. Habían visto la persistencia del fraude electoral, el secuestro sexenal de la Presidencia de la República para ponerla en manos de imbéciles compinches de oligarcas con las manos manchadas de sangre, y finalmente el triunfo de la terquedad y la 4T.

Ellos se miraron una mañana en el espejo y al descubrir al Conde Drácula y a Anita la Huerfanita, a un Rin Tin Tin que debería pasar por el dentista y a una Jane Fonda con ojeras, a un Ricardo Flores Magón artrítico y miope y a una princesa tarasca de pelo absolutamente blanco, decidieron que no estaba tan mal, que no había camino de regreso, que lo que el paso del tiempo no les podía quitar era la clara sensación de que habían peleado y pelearían por algunas de la mejores causas, que no les podían quitar lo bailado.

NOTA FUERA DEL TEXTO

La mitad del título no me pertenece. Ha sido usada, entre otros muchos, en una frase de François Villon, la reutilizó fragmentariamente Manolo Vázquez Montalbán como título de *Los alegres muchachos de Atzavara*, aparece en una canción de Los Relicarios (que nunca he oído) y en una película del director ruso Aleksandrov filmada en 1934 (que nunca he visto).

Segunda nota: A este libro se le fue la dedicatoria al inicio. Pero si así no hubiera sido, debería decir que entre otros es para Andrés Ruiz, mi amiga Rocío, la capitana Marvel, Luis Enrique, Sandra y tantos otros, muchos mencionados anteriormente.

ÍNDICE